71歳パク・マンネの人生大逆転

パク・マンネ＋キム・ユラ

古谷未来 訳

絶対に希望を捨てたらダメですよ。

希望を捨てちゃったら、またかき集めてください。

そうすればいいんです。

希望って、誰かのものではなくて自分のものなんですよ。

もし捨てちゃったのなら、引き返して拾ってきてください。

捨ててもまた拾いましょう。

人生は最後までわかんないもんだよ。

_____さんに捧げます。

 キム・ユラ

20代も終わりかけにさしかかってみると、
ある感覚が押し寄せてきた。
この先、私の人生にどんでん返しなんて起きない、
という不吉な予感。
およそ「チャンス」というものは、
20代にのみ与えられるカードのようで。

 パク・マンネ

バカぬかしてんじゃないよ。
70代まで生き延びてよかった。

ただし書き
この本では正書法に則るのではなく、パク・マンネおばあさんの方言が
混じった口調そのままに記しています。

目次

マンネの人生

パク・マンネ（朴・末禮）。末っ子なので「末禮」※という名を授けられた。

村では暮らし向きのよいほうの家だったが、女だからという理由で、勉強する機会もなく家事だけさせられた。そうして男との出会いに失敗し、人生がこじれ始めたと思ったら50年、とにかく仕事だけして生きてきた。

70歳になった年、マンネは人生をあきらめてしまった。

自分は棺桶の蓋が閉じられるまで働き続ける星回りなんだと思っていた。

ところが、「ネズミの穴にも光が差すことがある」※だったか。

71歳になった年、パク・マンネの人生は変わった。

いや、完全にひっくり返った。

15歳　農夫の娘

私、パク・マンネは2男4女の兄弟姉妹の末娘。兄さん2人とは朝鮮戦争のときに離ればなれになってしまったのだけれど、私は兄さんたちの顔も知らなくて、ただ死んだということだけ聞いている。父さんは、家に息子がいないから教えてやる人間もいないと言って、甥っ子に勉強を教えた。

「父さん、私も勉強したらダメですか？」

朝ごはんのとき、一言そう言ったら、上の姉さんのスプーンでおでこをコツンとやられた。女に学がついたら結婚しても家を出ていってしまうんだと、父さんは姉さんたちにも教えなかった。そのうえ私は末っ子だし、だから名前も「マンネ」なんだし、どうにもならなかった。甥っ子が勉強しているあいだ、その部屋を暖める燃料の薪を探しに、私は真冬の山に入った。

そう。たぶん、兄さんたちが死んでしまって、そのショックで娘に何かしてやる気持ちも起きないんだろう。

私もそうやって父さんを理解しようとした。

勉強させてもらえなくても、家の中でいちばん忙しいのは私だった。朝、目が覚めたら、山に薪を集めに出かけ、飼っている牛に草をやり、朝ごはんの準備をしてからまた薪を集めに行き、農作業の手伝いをしにやって来る近所のおじ

※末禮　「マンネ」は末っ子という意味の韓国語
※ネズミの穴にも光が差すことがある　「待てば海路の日和あり」と同じ意味の韓国のことわざ

さんたちの食事を用意した。おじさんたちがマンネの料理の腕はたいしたもんだとほめてくれるたび、私はなんだか鼻が高かったし気分がよかった。それでも考えてみると腹立たしいや。人を使って農作業ができるくらいにはうちも暮らせているほうなのに、娘だからって文字も教えようとしない父さんがすごく恨めしかった。勉強への情熱を押さえつけられたまま、釜の蓋を上げたり下ろしたりして過ごした。

しばらくして、村でもとくに頭のいいお兄さんが、学校に通っていない友人たちにハングルを教えているという話を聞いた。これってまさに私のためのチャンスだ！
「父さん、わたし、夜にちょっと出かけて文字を習ってきちゃダメですか？」
「バカなこと言ってんじゃねえ。真っ暗な夜に娘っ子がひとりでどこ行くってんだ?！」
そのときはどこから勇気をひねり出してきたんだか、私は父さんに内緒で授業に通った。そうまでして文字をひとつでも習おうとする娘を不憫に思ったのか、母さんは私を台所に呼び、父さんに見つからないよう、こっそり鉛筆と紙を風呂敷に包んでくれた。他の人より勉強を始めるのは遅かったけれど、紙が真っ黒になるまで一生懸命やったのですぐに追いついた。昼は薪を拾い、夜には文字を覚えた。けれど勉強は長くは続かなかった。文字を教えてくれてい

たお兄さんがソウルへ上京するので、もう授業ができなくなったからだ。今でも鮮明に思い出す——あの日、鼻をすすりながら家への道を歩いているとき、目の前がぼおっと霞んだかと思うと涙がどっとあふれてきた。

「マンネは賢い子だから勉強を続けるといいね」

お兄さんが言ってくれた言葉が浮かんできて、その場でわんわん泣いてしまった。もうこの先、私の人生にこんなチャンスは訪れないという直感とでも言おうか、滝が流れ落ちるように涙がざあざあとこぼれた。

どれだけ泣いたのか、涙でぐじゃぐじゃになったまま家に帰った。寝ている父さんが起きてしまわないかと思って、母さんに抱きついて、声を殺してただただ泣いた。

16歳

農作業を手伝いに来るおじさんたちが10人から20人に増えた。16歳はとにかく働いていた記憶しかない。おじさんたちが、まだ小さいのにどうしてこんなにご飯もおかずもうまく作れるんだ？と驚いていた記憶だけ。

18歳　韓服教室

義理の兄たちが、たったひとりの義理の末の妹に、ミシンを買ってくれた。けどそれも私がミシンを使えたらって話

じゃないか。そんなとき、頼れるのは母さんだけだった。

「母さん、わたし、父さんに内緒でミシン教室に通ったらダメですか？」

「こんな田舎にミシン教室があるのかい？」

少ししてから、村から離れたところに韓服※の仕立てを教える教室ができて、父さんの許しを得てそこに通えるようになった。しかし父さんときたら、まったく笑えるよね。学校には行かせてくれなかったのに、教室は行けって言うんだから。どんな頭の作りしてんだか。

ぴったり朝8時になると、膝まである黒いスカート（両脇にポケットがついていた）に白いブラウスを着て、縫い物を包んだ風呂敷を持って家を出た。あれほど行きたかった学校にも通えず、習いたかった文字もきちんと学べなかったから、韓服教室に通えるのがどれだけうれしかったことか。韓服教室に通ったということは、私の人生においてもっとも貴重な経験だった（YouTubeを始める前までは、ってことだけど）。

教室からの帰りが遅いと父さんが通わせてくれなくなると思って、必ずお昼前には戻った。家に戻ったらすぐ父さんのご飯の準備をして、牛の世話をしなければならない。姉さんたちはみんな、すでにお嫁に行っていたから、私がすべき家事はさらに増えた。姉さんたちはなんであんなに早く嫁いでしまったんだろう。

「飯はいつもあたたかく!!」

父さんはとにかく気難しくて、ことに冷たいご飯は受けつけなかった。私は自分で集めてきた薪で火をおこし、あたたかいご飯を準備した。畑から大根と白菜を抜いてきて和え物を作り、自家製の醤油と味噌を使ってあれやこれや……。こうした日常の中で韓服教室は私の唯一の休息であり幸せだった。

でも情熱が強すぎたのかねえ。韓服作りをあまりにも早く習得したせいで、6カ月で早期卒業となってしまった。オメ※、喜ばなきゃいけないんかね、悲しまなきゃいけないんかね。いま思えば、ゆっくり習っておくものを。後悔するね。

もっと悲しかったのは、家事に針仕事が加わり、私の仕事はさらに増えたってことだ。おかしくなりそうだった。村のおじさんたちが穴の開いた服を持ってきたら繕ってやり、ズボンを作ってあげれば、おじさんたちはそれと引き換えにうちの農作業を手伝ってくれた。

まさに、わたくしパク・マンネ、家庭内の奉仕という奉仕はすべてやったと言えよう。

※韓服　朝鮮半島の伝統衣装
※オメ　驚いたりとまどったりしたときに使う感嘆表現。代表的な全羅道方言

19歳

同じようにして過ごした。

20歳　間違った出会い

ある日突然、友だちのイネが店に来いって言うじゃない。でも私はあそこに行くべきじゃなかったんだ……。行ったらジョングンがいた。ジョングンはその後しばらくして私の夫になる。が、私の人生はここからこじれていった。その村にはサツマイモを売るおばさんがいたのだけれど、ジョングンは私が来たからって、そのおばさんからサツマイモを買ってきた。私は見向きもしなかった。正直サツマイモはうちにもいっぱいあったし……。

当時は男女がサツマイモまで一緒に食べて、連れ立って歩いていたら当然結婚するものだと噂が立ったので、私はジョングンを遠ざけた。ジョングンもうちの村の子だったから、なんとなくは知っていたのだけれど、とりあえず礼儀知らずで常識がなく、さらには貧乏だったので、ものすごく、最悪の男だった。それでもジョングンは顔がすっきりしていた。それ以外に見るべきものはなかった。

ある日ジョングンがうちに来て農作業を手伝った。母さんに気に入られようと仕事も一生懸命やって、父さんには礼儀正しくふるまったらしい。ジョングンが熱心に仕事するので、家が貧乏だということはさておき人としてはまとも

だと母さんは婿に迎えようとした。暇さえあれば、見合い
をしろといつもせっついていたから。姉さんたちはみな嫁
いだのに私だけ片付いてなかったので、ジョングンとくっ
つけるつもりだったんだろう。一方父さんは、ジョングン
が母親の面倒をひとりで見なくちゃいけないのもそうだし、
生意気なやつだからと結婚に反対した。

ところが、うちの父さんが亡くなった。家の仕事をする男
がいなくなると、ジョングンがその仕事を引き受けて手伝
うことになった。イネはずっと私の横でジョングンと結婚
しなよとたきつけてきた。お母さんがいいって言ってるの
になんであんたは嫌なのよ、付き合え付き合え、とそその
かした。当時私の理想のタイプは、金持ちの家の息子で礼
儀正しくて背が高くて、イケメンの男だった。ジョングン
は顔と身長しか当てはまらなかった。

それなのにイネ、あの子が3人で会って遊ぼう、遊ぼうっ
て言うんだ。何回か会って遊んでいたら、いつしかジョン
グンに情が移っちまった。最初はジョングンがチャラチャ
ラした感じでちょっかい出してくるたびに、心の中で「た
いしたこともないやつがふざけた真似してるよ」なんて思っ
ていたものだけど、あいつがやたらとつきまとってくるも
んだから、そのうち悪くないかもと感じるようになってき
た。だんだんとかけてくる言葉がやさしくなって、馴れ馴
れしげに彼氏ヅラしてきて。

こいつと結婚しても……悪くなさ……そうだけど？とい

う気がしてきた途端に、あいつが言った。

「マンネ、結婚しよう！」

私はサクッと「オッケー！」しちまった。狂ってたね。

オメオメ、あのクソったれの家が、尻の穴が裂けるくらい貧乏だなんて知らなかった。嫁に行ってはみたものの、あいつときたら私を連れてくるだけ連れてきといて、家には寄りつかず私を避けて過ごしてるじゃないか。まったく夫婦だとか言うけどさ、私を家に置きっぱなしで、自分は外を出歩いてるんだ。

実家では人まで使って暮らしていた私を、結婚してからはあの貧乏な家に座らせとくことになって、私の顔を見るのがつらかったんだろう。お姑さんもすまないと思ったのか、私をしきりと連れ出してはご飯だけ食べさせてくれた。この新婚家庭には料理に使えるような食材もなくて、私が実家に行って毎日麦をくすねてこなければならなかった。夫というやつは、米がないならよその家に行って仕事でもして金を稼いでくるべきなのに、ずっと自分だけほっつき歩いていた。私とはたった3カ月だけ一緒に暮らして、一言もなく木浦※にひとりで行ってしまった。やつはキロギアッパ※のように行ったり来たりしながら暮らしていたけれど、私たちが知っているようなキロギではない。キロギアッパというのはふつう、仕事をして妻子に生活費を送るものだけど、うちの夫はただ自分だけが自由に飛び回るキロギのようなやつだから、その意味でキロギアッパだ。そうやっ

て行ったり来たりしているあいだにも子どもができて、21歳のときに最初の子を産んだ。

そういえば、本当に悲しかったのは、最初の子を妊娠していた10カ月のあいだも、あの人間は私に何ひとつしてくれなかったってことだね。顔を見せたら私から小言を言われるとでも思ったのか、夫はずっと出かけていた。私を見るとすまない気持ちになるから帰ってこないんだろう、そう考えて暮らすことにした。家に戻ってくる周期が少しずつ長くなっていって、子どもが生まれても帰ってこなくなった。家に生活費はないし、夫はどこで何してるんだか……。

夫が醸造場で働いているという噂を聞いて、赤ん坊をおぶってそこを訪ねた。長男は生まれて100日にもなっていない時期だったけど、ねんねこ羽織って……。私もお金がないから、行きの交通費だけ持って遠い道のりを出かけた。帰りの交通費は向こうでもらってくるつもりで。

醸造場に到着すると、警備のおじさんが立っていた。今だからあの人は警備員だったってわかるけど、あの頃は帽子をかぶって立っている人はみんな警察だと思っていた。本当に純真で何にも知らない頃よ。そのおじさんに、探しに

※木浦　韓国最南西部に位置する港町。日本統治時代は日本人が多く居住し、今でも日本式家屋が各所に残っている
※キロギアッパ　キロギ＝雁、アッパ＝お父さん。母子のみを早期留学に送り、自分は韓国で仕事をしながら送金して暮らす父親を指した新造語。時おり母子の留学先を訪れる渡り鳥のような生活を雁になぞらえている

19

来たとうちの夫の名前を言ったら、まったくぶったまげた
ことがあるもんだ。なんとあいつときたら、ここでは独身
のふりして通ってたんだよ。その場で何もかもばれちまっ
て、まったく私も破れかぶれだった。

涙がだだあっと流れ出た。寒いのに赤ん坊の足冷やして、
なんで立ちぼうけでいるんだ、警備室の中に入りなさい。
警備員のおじさんはそう言ってくれたけど、恥ずかしすぎ
て入ることができなかった。両手で息子の両足の裏を掴ん
だまま引き返した。通り過ぎるバスの乗務員に、乗るお金
がないんだけど、この近くの鶴橋の町まででいいから連れ
ていってくれないかと頼んだ。私があまりにもあわれに見
えたのか、乗務員はとにかく乗れと言ったよ。遠い親戚が
鶴橋に住んでいるのを思い出し、どうにかしてその家を見
つけて一晩世話になろうって考えたんだ。赤ん坊を背負っ
て、目についた派出所に入った。

「奥さん、どうしたんです？　どっかの帰りで交通費がな
いんですか？」

「おじさん……ちょっと車に乗せてくださいよ」

「アッター※、12時過ぎてるのに車なんかありますかい
ね？」

夜間通行禁止令があった頃だった。息子は足が冷たくなっ
て泣いて、お乳がほしいと泣いて、私のおっぱいは腫れ
ちゃって痛くて……。

「親戚がこのあたりに住んでるんですよ。すみませんけど

探してください……」

「探すっていったって奥さん、その親戚の家がいったいぜんたいどこにあるってんですか！」

我ながらそのときの私は本当に賢かった。その村に泉がひとつあったと説明して、その泉の近くまで連れてってくれたら、あとは自分でなんとかするから助けてほしいとお願いしたのだ。赤ん坊の足はもう冷えきっていて、派出所のストーブの火でようやく温まった。涙もどうしてあんなに流れたんだかねえ……。

巡査たちの助けで、私が覚えていたその泉が見えてくるまで歩き回った。歩いて歩いて歩いたところに本当にその泉があった。記憶をたぐり寄せ、母方のいとこの兄さんの奥さんの実家を探し出した。巡査が戸を叩いた。

「失礼します！」

その家のお嫁さんが出てきて、私の出で立ちと警察の姿を見て目を丸くした。それでも「うちの親戚です」と言ってくれて、私には早く中に入んなさいと促して、そうして巡査は戻っていった。お嫁さんの顔を見たらなぜだか涙が出てきて、悲しくて……悔しくて……猛烈に涙がどっとあふれてきた。おっぱいはとにかく腫れて、腕を上げられないほど痛かった。

私は……その日、ぱちんと目が覚めたように、一気に大人になった。

※アッター　不満や否定のニュアンスで使う感嘆詞。全羅道方言

とにかく何もかも、一気に分別がついてしまった。

今もあのときの気持ちのままだ。

22歳　このクソ野郎の愛

「この疫病神！　あんたのおかげで私の人生、ぶち壊しだよ！」

この話はイネも知るところとなった。私は泣きながらイネに文句を言った。イネの家に泊まり、一緒になってジョングンの悪口を思いっきり言いまくった。実家の母さんはそれでも我慢して暮らせと言った。孫のために。

結婚するときにジョングンが持ってきた函※の中身を売り払った。そのお金を同じ村のおばさんに貸した。あとでそのおばさんは、利子分を足して米で返済してきた。麦1俵分のお金から始めて少しずつ貯めては増やし、ソウルに越すときには麦7俵分の金額になっていた。

木浦にいた夫を連れてきて、ソウルにやった。私が麦を売って作ったお金を夫に全部渡して、ソウルに部屋を借りとけって頼んだんだ。私は田舎でいろいろ整理を済ませてから1カ月後にソウルへ行って、夫に連絡したよ。部屋を借りたかって聞いたら、借りてないって言うのさ。それならあの金はどうしたんだって？　服がないから買ったってさ。予備軍※の服を一揃い選んだって。ええいクソ、このアホんだら！

周りの人たちにソウルの家はどうなったかと聞かれたけど、夫の悪口を言うのが嫌で事実を言えなかった。

でも今は言える。

このろくでなしのクズカス野郎。本当に私はこいつと暮らすべきか、暮らさざるべきか？

長男が3歳になったとき、結局義母に子どもを預けて、私が仕事に出ることにした。この子が小学2年生になった年にようやく手元に連れて帰ってこれた。そのあいだ、ソウルでどれだけたくさんのことが起きたかって……。それにしても、私みたいに不幸な星回りもないと思っていたけど、考えてみたらうちの姑くらいかわいそうな人もいないよね。息子のためにあなたもどれだけ大変だったことか。

それで私は今でも姑の祭祀※だけはずっと忘れずにやってるんだ。息子を間違って育てた罪で、生涯嫁に言いたいことも言えずに過ごしたお姑さん。うちの姑のことを考えるとかわいそうでまた涙が出てくるよ。

24歳　土方

夫は現場で土方をしていた。でもあいつはやっぱり金を持ってこないんだ。やれ会社が金をくれなかっただの何だの。

※函　婚礼の際に新郎側が新婦側に贈る、結納品を入れた木箱
※予備軍　軍隊を除隊後8年間、予備役として定期的に受ける軍事訓練
※祭祀　日本でいう法事。本家の長男の家に親戚が集まり、先祖のための料理を多数準備して儀式を執り行なうのが通例

だから私がまたやつのいるところに出かけていった。

ん？　給料はちゃんと出てるようだけど？

そんなことだろうと思った、あいつはどうせまた金をろく
でもないことに使っちまったんだろ。

やつはこれ以上信じられないので、私も一緒に土方をした。
でも仕事がとにかくきつくて長くは続かなかった。あんま
りにも重くて。タイルをしょって建物の3階まで上がらな
きゃいけないんだけど、オメオメ……腰が、腰が砕けるか
と思った。それで家政婦の仕事に出るようになった。

24歳　家政婦

家政婦の仕事のときには、交通費100ウォン※を節約しよ
うと盤浦※から舎堂洞※まで歩いて通った。その頃は若かっ
たから歩くのも平気だったよね。1軒分だけだとお金が足
りないから、少ししてからは2軒の家で家政婦をした。も
うちょっと続けたあと専門的な家政婦の事務所に登録して、
仕事に慣れてからは3軒をぐるぐる回った。それで終わり
かって？　夜は食堂に出て夜10時までアルバイトをした。
皿洗いしにね。

午前中に家政婦に行くときは、家の主人がコーヒーを1杯
くれたら飲んで、くれなかったら飲まないで。そうすると
仕事の始まりだ。仕事しに行った家に洗濯機があっても私
は手洗いして、掃除機があってもほうきで掃いた。靴下や

下着まで洗うのは基本、靴下に少しでも染みがあったらま
た洗って。翌日に行って乾いていたらそのまま取り込んで
子どもたちの部屋に置いておいて、パンツは畳んで。それ
が私の仕事だった。

一度なんか、ものすごい金持ちの家に行ったことがあるん
だけど、掃除しようと冷蔵庫のドアを開けたら、なんだか
ガラス瓶に赤いかたまりみたいなのが入ってるじゃないか？
いま思うといちごジャムだったみたい。その当時はいちご
を食べたことなんてないし、いったい何のかたまりが赤く
てごろごろしてんだべさ、ってどんだけ気になったか。瓶
にいちごが描いてあるからいちごだってことがわかったよ
うなもので。韓国のいちごの絵が描いてあるのがあって、
アメリカ製だったのかグネグネした文字が書いてあるのも
あって、でもその文字が読めるわけもないし。いちごジャ
ムが食べるものなのか、何に使うものなのかもわからなかっ
た頃だ。

その家の子どもたちが来て「おばさん、パンといちごジャ
ムください」って言うんで、私はその子らに、いちごジャ
ムが何なのか聞いてみた。子どもたちに、おばさんはいち
ごジャムも知らないのかって笑われて、あげくに「おばさ

※100ウォン　消費者物価指数をもとに換算すると2019年の価値で1680ウォ
ン（約170円）に相当。1971年当時、コーラ1瓶が60ウォンだった。2019年
の為替レートで100ウォンは約9円
※盤浦　ソウル・漢江の南岸に位置する瑞草区内の町名
※舎堂洞　瑞草区の西側にある銅雀区内の町名。盤浦から舎堂洞までは約6km

ん、文字読めないの？」だと。

「いや、文字は読めるよ！」

文字は読めるけど、いちごジャムが何に使うものなのかわかんないから聞いてみたんじゃないか、ガキどもが！

とにかく赤いいちごジャムの瓶を出してやると、子どもらは手のひらに食パンをのせて、スプーンでジャムをガッ！とすくってガーッ！と塗ってパタッ！と折り曲げて食べたのさ。（ああ……そうやって食べるもんなんだ……。）

その食パンは、見たところ入ってる枚数がちゃんと決まってるんだよね。でもいちごジャムはちょっと食べてもばれない感じがした。だから瓶を開けてスプーンをさっと突っ込んでほんとに味だけ確かめた。オメ……これがいちごジャムか……。甘くておいしかったよ。

その横に黄色いのもあったんだけど、いま思うとあれはピーナッツバターだった。私には餅を食べるときに振りかけるきな粉みたいに見えたから、ああ、金持ちの家でもきな粉をああやって水に混ぜて食べるんだねえと思ったさ。

それから少しして、その家の子どもが友だちをひとり連れて来たんだけど、自分はいちごジャムを食べて、友だちはその黄色いのを塗って食べてたよ。私は後ろで見ながら、オメ、こりゃまた何だい、あれもパンに塗って食べるもんかいな……。

私がのちに食堂を開いたとき、娘がそのピーナッツバターを一度買ってきてくれたことがあった。

「お母さん、食パンにこれを塗って食べてみなよ。いちご
ジャムよりおいしいよ」
「ピーナッツバターじゃん」
「お母さん、これ食べたことあるの？」
「……」
私はそのときちょっと恥ずかしくて言えなかった。娘がこ
の本読んだらわかっちゃうね。

28歳
家政婦と食堂の仕事をした。

32歳　リヤカー果物売り
リヤカーで果物販売の仕事をしようと決心した。家政婦の
仕事で3カ所駆け回って食堂の仕事までして帰ると夜の12
時になるから、子どもたちに申し訳なくて。それでリヤカー
を1台手に入れた。
エリアごとにそれぞれのリヤカーの場所取りみたいなのが
あるということをそのとき知った。私はぐるぐる回って、
ある産婦人科（のちにユラがここで生まれた）の前で商売
を始めた。夜9時までには果物を売り切ってなきゃいけな
いのに、毎回仕入れの金額分も売れなかった。こう見えて
も私は人見知りで恥ずかしがり屋の人間だ。友だちの家に

行って、そこの両親にご飯は食べたかい？と聞かれたら、食べてなくても「食べました」と答え、知らない人の前では顔も上げられなかった。「○個でいくら、○個いくらだよ〜」みたいな売り声、私には到底無理だった。引っ込み思案だから初対面の人の前では話せないし、人が果物を触っては戻すのを繰り返しても買えと言えなくて、誰か知っている人が通ったらリヤカーの後ろに隠れ、口先だけのこと言って売りつけることももちろんできなくて、売れなかった果物は家に持って帰って子どもたちに食べさせて、私も食べて……。

ただ太って、お金にもならないので、もうこれ以上は無理だと思ってやめた。

33歳 飴売り

修能※の日が近づいていた。知り合いの人が飴※を売ってみたらと言うので、ほうぼうに聞いてリヤカーと飴を集めてきた。私が見つけておいた場所は慶文高校※前だったのだけど、そこまで上る道がとにかく急な坂だった。私ひとりではリヤカーをまともに引っ張って行くこともできない。ひとりじたばたしながら、やっとのことで上っていった。飴は……ただのひとつも売れなかった。子どもたちはみんな家から持ってきてたんだよね。餅まで全部家で食べてから来る子までいて……。今くらい勇気があったら「あんた

んとこの試験なんだから、あんたの学校で売ってるのをひとつ買っていきなさいよ」って言うところなんだけど、それも言わずに突っ立ってたら、いったい誰が買うかっての。飴はすぐに返品した。どうやって返品したのかは思い出せもしないね。

オメオメ、飴のひとつも売れずに戻って来るときの恥ずかしさといったら、本当に言葉にできないよ。この飴を売ったら家に帰れるのに、私の口はまるで板を打ちつけた扉みたいに開かなくって。リヤカーを押してあっちこっちふらふらしながら上っていったときより、ひとつも売れないで下ってくるときの気分が本当に……本当に……悲惨だった。

34歳　花売り

顕忠日※に国立ソウル顕忠院で花を売ることにした。私の知り合いの姉さんの旦那さんが、自分が花を集めてくるからふたりで売りに行ってみろと言ったのだ。

※修能（大学修学能力試験）　例年11月第3週に実施される全国共通の統一試験。韓国の大学入試システムにおける比重が大きく、最重要視されてきた
※飴　餅と並び合格祈願グッズの定番。試験や学校にくっついて離れないようにという意味が込められている。また、韓国語の「つく」には「合格する」の意もある
※慶文高校　ソウル市銅雀区にある名門私立男子高校
※顕忠日　6月6日。国家を守るために功績のあった人や戦没将兵を追悼する記念日。毎年この日には国立ソウル顕忠院または国立大田顕忠院のどちらかの国立墓地で追悼行事が行なわれる

「花はいりませんか〜、花をどうぞ〜」

公園ではそう叫んで回らないといけないのに、わたくしパク・マンネ、またしても一言も口に出せなかった。一緒に行った姉さんは不安に思ったのか、旦那さんに「ねえ、この花売れなかったらどうなるの？」と聞いていた。さいわいにも返品可能だという。もちろん手数料はものすごくたくさん払わなきゃいけないけど。

それでもその日はひと束売った。ある夫婦が来て、今日は花を買ってこられなかったから私にひと束くれって言うんだ。当時、その菊の花がひと束で150ウォンだったかな？カーネーションも一緒に持ってきてたんだけど、それはひと束も売れなくて、とにかく菊の花ひと束を売った。

いや、売ったというよりも、その夫婦が買ってくれたんだよね。

35歳　餅売り

商店街の中の餅のコーナーが空いているので、餅の商売をやってみないかという話が来た。いま考えてみても、周りに良い人が本当に多かった。なぜだかみんな、私を助けてくれようとするんだ。

私に餅コーナーをやってみろと言ってくれたのは、当時、セマウル金庫※の理事長だった人なんだけど、私はその理事長さんの家に家政婦として通ったことがあった。私を気

に入ってくれたのか、そこの家政婦をやめたあとも働き口を探してあげようと言っていろいろと気にかけてくれた。そうして、賃貸料はタダでいいから、自分の管理する商店街で餅を売ってみないかと持ちかけてきたのだ。実際のところ、理事長さんは死にかけの商店街を立て直すのが目的だったようだけど。

でもそれがわかったところで何だっての。私はありがたい気持ちですぐに始めますと言ったのだけど、問題がひとつあった。他の商品は売れなかったら払い戻しができるけど、餅はできない！　ということで餅はとにかく売り切らなくてはならない。ところが餅は売れても日に1個、普段はひとつやふたつ。ひとつも売れない日だってあった。ふう。結局、売れ残った餅は家に持ち帰って、子どもたちに食べさせたよ、うん。最初の1、2回はよく食べたけど、あいつらときたら餅はもう食べないなんてぶつぶつ文句を言い始めた。2番目の子が、お母さんはなんで餅ばっかり買って来るの、他のも買って来てよと言うので、他に食べるもんなんてないんだよ！と私はワーッとまくしたてた。餅の商売はどうしたって払い戻しがきかないし、商店街に人は来ないし、子どもたちも見向きもしないしで、長くできるはずもなかった。

どうも私は商売に向いてるタイプじゃないみたいだな……。もう一度家政婦として仕事に出る計画を立てた。

※セマウル金庫　韓国の有名信用金庫。地域ごとに事業運営されている

37歳　食堂を構える

今度は友だちから食堂をやろうと連絡が来た。自分のいとこが食堂を譲られたんだけど、そいつは料理もろくにできないし信用できないので、私と一緒にやろう、って。

なに、私は料理がうまいと評判になるくらいなんだから腕のほどは心配ないけれど、そこに入るためのお金がなかった。店の保証金として私の分は200万ウォン必要だったんだけど、私が集めてきたのはたったの100万ウォンだった。ありがたいことに友だちが100万ウォンを立て替えてくれて、始めることができた。お金が貯まるとすぐにその友だちに返した。

食堂は汝矣島※にあったんだけど、その雰囲気はフードコートだと思ってもらえばいい。オープンキッチンタイプになっていて、お客さんが座って食べるところが全部見えた。厨房の前に長いテーブルがひとつあって、青いプラスチックの椅子が32脚あった。

うちの食堂の名前は「光州食堂」。隣は「○○食堂」という店で、長く商売を続けていて常連も多く、手練れの商売人だった。冬に○○食堂が自分の練炭の火を全部使い果たすと、必ずうちの食堂に来てささーっと練炭を持って行こうとした。向こうは忙しくて商売もうまくいっているから、それくらいは大目に見た。

けれどある日、うちの練炭が切れたんでちょっと貸してくれと頼んだら、カンカンになって怒って貸さないなんて言

うんだよ。なんであんた貸してくれないんだって聞いたら、あんたらは儲かってないから練炭がなくても大丈夫だとぬかしやがる。それを横の△△喫茶のおばさんが聞いたんだよ。△△喫茶のおばさんは、そんな話がどこにあるかってんだよ！　光州食堂はまだ始めたばかりなんだから、商売がうまくいってないなら隣でちょっと助けてやるもんだろ！って私の味方になってくれた。私はお客さんのいないうちのテーブルで、頬杖をついてしばし考えた。

（ああ……商売はああやってするもんなんだな。ちゃきちゃきした大工さんが来たら私も大工さんと同じように応対して、紳士なおじさんが来たら、私も品良く接して……。これまで商売人って言われたくなくて、なんていうかその場で調子よくしたりしないでバカ正直にやってきたんだけど、商売っていうのはそうやってするもんじゃないんだなあ。あそこの○○食堂のおばさんの言葉を気持ちよくはじき返せるような人間にならなくちゃ。）

○○食堂はうちのお客さんがあっちに行けばあからさまに喜び、たまにあっちのお客さんがうちの食堂に来たりすると大騒ぎした。ある日、私は○○食堂と喧嘩した。

「おいちょっと！　あんたんとこで食べてるお客さんを私が引っ張ってきたっていうのかい？　今まで、食べ物売るしか能のない商売人って言われたくなくてずいぶん我慢し

※汝矣島　ソウル・漢江の中洲。国会議事堂や政府各機関が置かれ、メディア関連企業、金融機関の本社が集中するオフィス街として知られる

てきたよ。そっちの飯が口に合わなきゃうちに来て食べる
んだし、うちのが合わなきゃそっちに行くだけだろ！　私
が1度やられたからって2度目はないね！」

私も正面からぶつかった。そうやって○○食堂みたいに言
うべきことをみんな口に出してみると、向こうもそれ以上
私たちの食堂にはあれこれとケチをつけてこなくなった。
その日から1週間くらい経った頃かな、○○食堂が私を裏
に呼ぶんだ。

「ちょっと、光州食堂。うちが買ってきたイカと、あっち
の持ってきたタラの子で、テンジャンチゲ※をぐっつぐつ
に煮込んだんだけど、昼ごはんでも一緒に食べよう」

それで私もうちの食堂からご飯を一膳持って、その席へ行っ
たよ。○○食堂のおばさんがチゲをすくいながら言った。

「いやさ、お客さんがいないからって、あんなこと言うも
んじゃないね。考えてみたら私がいけないよ。お客さんが
いないんだから私がもっと助けてあげなきゃいけなかった
のに。悪かったね」

そう謝るんだ。そのあとは仲良くなった。私はあとに引き
ずらない人間だからね。とにかく、そのときまでは私は商
売についてなんにも知らずに料理だけしていて、あちこち
で見くびられバカにされていたけど、うちの横の○○食堂
を見て学んだことは多い。

「商売するなら図太く、強くならないとダメなんだ」

本当に、そのとき、悟りがひらけた。

41歳　詐欺

一緒に商売していた友だちがやめて、私はひとりで光州食堂をやりながらそこに腰を落ち着け始めていた。そんなある日、不意に故郷で一緒に暮らしていた親戚のやつがうちの食堂にやって来た。ここではそいつの名前を仮に「トリ」としておこう。

そのトリは、姉さんがここで商売をやってるって話を聞いたので、63ビル※に遊びに来たついでに寄ってみた、と言った。私が独身の頃を思い出してみると、性格に気難しいところがあるからとかいって、あいつと遊ぶ子は周りにはいなかった。ところでトリは、お金をたくさん持っている男だった。うちと同じ汝矣島の商店街で商売していた女の人はトリにお金を借りたという。

ある日、その女の人が「お姉さん、これからは、もしトリが来たらお姉さんが日数通帳※のはんこを代わりに押してください」って言うのさ。自分はもうはんこを3つも押していて、店のお客さんに見られるのはちょっとまずいから、ひとつだけお姉さんが代わりに押してほしいって。その場にいたトリはじっと話を聞いていたかと思うと、こう言った。

※テンジャンチゲ　韓国の味噌で多様な具材を煮込んだ鍋料理
※63ビル　汝矣島にある、地上60階地下3階の高層ビル。展望台や水族館を併設した観光名所。長らくソウルで一番高いビルだった
※日数通帳　日賦ローン業者が使う通帳で、ダイアリーのように日ごとにはんこを押す欄がある

「あのお嬢さんが俺から500万借りようってんだけど、はんこ押すならマンネ姉さんがついでに保証人になればいいじゃん」

それで私は女の人に聞いた。

「お嬢さん、何のためにお金借りるの？」

すると彼女がこう言うんだよ。

「お姉さん、わたし、日賦をうまくやりくりして、すぐにお姉さんに返すから」

私は保証人とかいうものになることにした。

今みたいに銀行に行って、何かを押してどうこうというのではなくて、ただ「私が保証します」と口で言うだけ、それが保証というものだった。トリは銀行にすっ飛んでいき、20分で500万ウォンを持って戻ってきた。その金をいきなり私に渡すんだ。なんで私に渡すのさ、困ってるっていうあのお嬢さんにあげなと言ったら、トリがこう答えた。

「俺が姉さんを信じて渡すんだから、姉さんが数えて」

だから私が数えてあのお嬢さんにあげたよ。

その女は1、2カ月はトリに利子を払った。トリのやつ、自分で直接受け取りに行くことはせず、私を行かせてあの女から絶対もらってこいって言うんだ。「あんたが行くもんだろ。なんで私にやらせるのさ？」と聞くと、俺は姉さんを信じて貸したんだから、姉さんがもらってこなきゃいけないんだとかなんとか。

けれど、その女が消えた。店を閉めてどこかに消えてしまっ

た。トリはその女を探そうともしないで、うちの食堂へ来るようになった。本当に私にべっとりまとわりついてきた。私の人生、どうしてこうなのか。なんとか暮らせるようになって、ようやく落ち着いてきたと思ったのに、どうしてこんなことが起きるんだろう。口で保証するってことがこんなに恐ろしいことだなんて。人にたくさん助けてもらって生きてきたから、同じように誰かを助けて恩を返そうと思ったら、こんなざまだ。

トリは日に何度も訪れては、利子をよこせと言った。あいつが来るのがストレスで商売にならないくらいだった。クソみたいなやつ、ろくでなしにもほどがある。利子をふんだくるにもほどがある。あいつの話をするとムカつきすぎて胸がバクバクして言葉も出てこない。どれだけ悪いやつかっていうと、元金も分割で受け取ろうとしなかった。利子だけ毎日ごりごり取って、元金500万ウォンは一括で返せと言ってくる。このキチガイめ、利子もらおうってのかい！　自分が1ウォンも使ってない元金500万ウォンを返すのも悔しいし、はらわた煮えくり返って死にそうだったけど、日々の利子も私が払わなきゃいけない始末。ここは歯を食いしばって元金を返して終わりにしたいのに、分割では受け取れないってほざくあいつ。天下の最低うんこ野郎。一生、そうやって利子だけ持っていこうとしていたやつだった。

これ以上はまずいと思って、光州食堂を手放し、あいつに

400万ウォンをなんとかくれてやって100万ウォンが手元
に残った。

43歳　もし神様がいるなら

その100万ウォンを元手に、奉天洞※に小さなホプ※を構
えた。ここにもトリはまた毎日やって来るようになった。
私は口頭で500万ウォンの保証人になったがために、ほぼ
5000万ウォンを払ったことになる。あいつが利子を10%
取った。稼いだ金はそのままあいつに行って、うちの子ど
もたちにちゃんと勉強させるために、私があれだけ好きな
甘柿ひとつも買えずに暮らした。

営業しているあいだにも、トリ、あいつはホプに来て座っ
ては、ビールが1杯売れるとその金を持っていき、ビール
が2杯売れたらその金を持っていき……。やつにくれてやっ
た金を私は全部書き付けといたんだけど、5000万ウォン
ちかくなってたわ。あの野郎のためにストレス溜めて、疲
れで目が霞むようになっちまった。トリは自分の義理の姉
にも金を貸して、泥棒のように持っていくやつだった。そ
うしてみると、あいつ、家族だろうと同郷の友人だろうと
誰だろうと、周りの人たちをいじめて回っていたっけね。
ある日、道端で売っていた老眼鏡をひとつ2万ウォンで買っ
た。その日もトリはもちろんやって来た。けど、その日は
あいつにやる利子分に1万ウォン足りなかったんだ。トリ

の野郎がじっと黙っていたかと思うと、姉さん、その老眼鏡よく見えるかい？と聞くから答えたよ。

「ああ、道端で2万ウォンで買ったんだ。おまえのせいで、ったく。目がぼやぼや霞んできちゃってこれ買ったんだよ」

今でも思い出す。あのメガネは真っ黄色だったってこと。

「姉さん、さっき、利子が1万ウォン足りなかったじゃん？代わりに今日はそのメガネを持ってくから」

って言って、私のメガネを持ってったんだよ。

本当に……泥棒野郎……ろくでなし……おまえはとにかくただ死ぬだけじゃ足りない……。

病気で死ぬのもダメだし、おまえは死ぬなら即死で地獄に行け、って考えた。あのクソに金を借りたが最後、生涯をかけて利子だけ返し続けるはめになったあの義理の姉さんも、どうにもおさまらず、まったく同じこと言ってたって。死ぬなら即死で地獄に行け、って。あの頃は、寺に行ってもお願いするのはうちの子たちのことじゃなかった。仏様が、もし本当に仏様がいるんなら、お願いだからこの恨みを晴らしてほしいと祈った。私はやつに5000万ウォンちかくも返してきたのに、1万ウォン足りないからって、私のメガネまで持ってっちゃったんですよ……。神様がいるんなら、あいつを即死で地獄に連れてってくださいよ……。

※奉天洞　ソウル南部の冠岳区にある町。冠岳区はソウル大学のキャンパスがあることで知られる
※ホプ　韓国の居酒屋。ビールと焼酎、簡単なつまみを出す

アイゴー※、私がそこまで祈ったよ。

この、ほとほとうんざりなトリの顔を見なくて済むように
なったのは、町内の巡査のおかげだった。ある日、うちの
奉天洞のホプに来た巡査が、私が金を巻き上げられている
のを見て、どうしたんだと聞くんだよ。私が事情を話した
ら、その金は返さなくてもいいって。500万ウォン貸した
からって、5000万ウォン返してもらおうとするアホがど
こにいるんだって、その巡査が助けてくれたんだ。
トリの野郎は巡査を見てもビビりもせず「アッター、あん
たが新しい旦那かい？」なんて気のふれたこと言いやがる。
その巡査は、トリが口で言ってもダメなやつだってわかっ
てたのか、自分が100万ウォンを今おまえにやるからこの
方をいじめるのはやめろと言ったのさ。その巡査は本当に
その場ですぐ100万ウォンを持ってきた。すると、あのト
リの野郎ときたら100万ウォンに利子をつけてくれないと
ねぇ、なんて言うんだ。頭おかしいだろ。その日から私は、
ホプで稼いだ金をまた巡査に利子なしで返していって、す
べての借金を清算した。
てなわけで、私はひと月に利子70万ウォンを5年も払い続
けた。利子だけで4200万ウォン。1ウォンだって使ってな
い元金の500万ウォンまで合わせたら、4700万だ。

こうして2年が過ぎたかな。故郷の知り合いから電話がか
かってきた。

「ちょっとマンネ、あんたの願いがかなったよ。トリ、あいつが死んだ。工事現場の2階から落っこちたんだけど、一緒に落っこちたやつは助かって、トリだけ即死だったってよ」

45歳　詐欺その2

まったく、知り合いほどやらかすもんだって言葉、こんなときにこそ使うんだろうね。

故郷の知り合いに金のことで手痛い目にあったのに、今度は遠い親戚から詐欺にあった。日本に行ったらひと月に400万ウォン稼げるって。

その当時、食堂の仕事ではどうやったって400万なんて稼げなかった。私ひとりなら暮らそうと思えば暮らせたけれど、子ども3人を育てようと思ったらホプで稼ぐお金では話にならなかった。その詐欺野郎の親戚のやつは「チョルス」にしとこう。チョルスのやつが言うには、日本に行けばタダで食わせてもらえるし、寝るところもくれるって。姉さんは仕事だけすればいいから、って誘ってきたんだよ。悩んだ末に奉天洞の店を手放して、チョルスに300万ウォンを渡した。その金は飛行機のチケットと仕事の斡旋の手配料として自分が受け取る金だと言った。他の人だと500万もらうんだけど300万にしとくよ、だって。一番上のお

※アイゴー　嘆きの表現。やれやれ

ばさんのとこの娘もあいつに騙されて100万ウォンを先に
払った。私ってばほんとにバカだよね。払うにしてもどう
して一度にまとめて払っちゃったかな。

とにかく飛行機にさえ乗ればいいというところまできて、
その日にちは9月3日だった。飛行機に乗る前に、布団と
か壺とか大事にしていたものを全部、長男と嫁に送ってお
いた。私が日本に行って金を稼いだそばから残らず送って
やるから、あんたたちも元気に暮らしなさいと、別れの挨
拶もした。

末娘のスヨンは、当時すでに結婚していた長男に預けた。
スヨンはその家から学校に通った。出発するというその日、
朝9時の飛行機ってことだったんだけど、なぜだか時間に
なっても電話が来ないじゃないか。ポケベルも鳴らないし
……。それで、うちの賢い姪っ子に電話をかけて聞いた。

「あのさ……チョルスが私を日本に送ってくれるって言っ
てたんだけど、なんで電話に出ないんだろう?」

姪っ子がその親戚の家に電話して聞き出してみたそうだ。
マンネおばさんが探してるんだけど、って。

私の話を聞いて、そのおばさんとこは家じゅうひっくり返っ
たような大騒ぎ。ああ! あいつは詐欺野郎なんだよ!
どうしてマンネにまで連絡して訪ねてったんだろう、同じ
金を巻き上げるにしたって、こともあろうにあのかわいそ
うなマンネから巻き上げようとするなんて、って……。

信じられなかった。姪っ子が空港にまで電話してみたんだ

けど、9時に日本行きの飛行機はないと言われた。まさか
親戚から詐欺を働かれるとは、私は疑いもしなかった。
あの日、一緒に日本に行く予定だったおばさんのとこの娘
とチョルスの家に行った。チョルスはすでにずらかったあ
とで、その家はギャンブル中毒者たちの賭場（とば）になっていた。
チョルスの母さんとチョルスの息子がここでギャンブルし
ていたみたいだった。たしかチョルスの息子は片脚がなかっ
たっていう記憶があるんだけど。とにかくまったく悪びれ
もせずに明るい表情で花札をしていた。一緒に行ったおば
さんのとこの娘は、その場で花札を何回かして100万ウォ
ンの元金を取り戻した。私は花札のルールも知らずそこで
打つ勇気もなかったから、ぼーっと見ていただけで出てき
てしまった。親戚に300万を騙し取られた私の人生があわ
れだったけど、その日は誰も恨むことはできなかった。

その日の夜は、うちの姉さんの家に行こうかと思ったけれ
ど、義理のお兄さんの目を気にして姪っ子の家に行った。
一番上の姉さんの長女の家に。
「わたし、あんたについて仕事したらダメ？　私はもう
家がないんだよ。息子のとこに行くわけにいかないし
……」
子どもたちに、母さんは詐欺にあったんだ、と言う勇気は
出てこなかった。私は家もなく行くところもなくて、考え
るだけでまた涙が……涙がぼろぼろとこぼれてきた。

私はどうして行くところがないんだろう。

一生懸命生きてるし、一生懸命生きようとしてるのに、どうして何度もこんな目にあうんだろうか。

夜、姪っ子の夫が家に戻ってきた。私は部屋の隅で寝ているふりをしながら横になっていた。恥ずかしくて情けなくて、目は覚めたまま、布団の中で自分の身の上を嘆いていた。その夫が姪っ子に聞いた。

「マンネおばさんがなんでここに来てるの？」

姪っ子が答えた。

「マンネおばさんが私について仕事するって言ってる」

すると、その夫の言葉はこうだった。

「マンネおばさんによくしてやれよ。人間、金があるときだけ大事にして、そうじゃないときは無視して、とかそんなのはダメだ。おばさんは工事現場で働いたことがないんだから、ちゃんと教えてやって、難しいことはさせるなよ」

その言葉を聞いて、また涙がぼろぼろとこぼれてきた。そうやって姪っ子にくっついて1週間、工事現場で雑用をした。それほど経たないうちに、故郷の友だちから電話が来た。私がまた詐欺にあったという噂が立ったらしい。久しぶりにうちの夫の悪口も思いっきり言った。あいつが浮気したんだと目一杯悪口をぶつけた。すると友だちが泣くんだ。マンネ、あんたはゴミくずだって捨てるのを惜しむ人なのに、なんで……なんで……って。

46歳　祝 開店　姉妹食堂

龍仁※(ヨンイン)の浦曲中学校(ポゴク)の前に、ものすごく小さな定食屋を構えた。私から金を巻き上げていった人間も多かったけど、助けてくれる人も本当に多かった。知人だったチさんというおじさんが助けてくれて、チョンセ※1000万ウォン、利子は5%で食堂を契約した。代わりに店の名義はチさんの名前にした。

おいしく、安く。

明け方から夜更けまで、お客さんがひとりで夜12時まで焼酎1本でねばっていても、出てってと言わずに待った。卵焼きを厚めに焼いて、基本のおかず※として出してみたら、それこそ大ヒットだった。狭っ苦しい食堂だったけど、運がぐぐっと上がった気分だった。

それでも暮らしは変わらず厳しくて、私は家もなく、倉庫にダンボールを敷いて寝る生活が続いていた。そんなある日、営業が終わっても私が家に帰ってないことが建物の大家でもある母屋のおばさんにばれた。追い出されたら大変だ。でも私の事情を聞くと大家のおばさんは、使ってないのがあるからと、木のベッドを1台くれるじゃないか。正直、

※龍仁　京畿道中部にある一都市。ソウルのベッドタウンとして発展
※チョンセ　韓国の代表的な賃貸方式。最初に多額の保証金を家主に預けると、家賃が免除される。かつ退去時には保証金が全額戻ってくる。家主は保証金を元手にして、その利子を運用することで収益を得る
※基本のおかず　韓国の定食屋は、ご飯と汁、メインのおかず、ナムルやキムチ、煮付けなど数種類の小皿のおかずの組み合わせで提供されるのが通例。小皿のおかずは「基本」と呼ばれ、ほとんどの場合おかわり自由

寝るたびに、床からコンクリートの冷気が伝わってきて死ぬかと思ってたんだ……。おかげで生き返った。龍仁の街中で電気毛布を買ってきて、ベッドの上に敷いて寝た。いや本当に、あのおばさんには感謝しているし、この恩は絶対忘れない（今でも部屋の暖かいところで寝ると、あのおばさんのことを思い出す）。

食堂が軌道に乗った頃、大家のおばさんが私を呼んだ。

「ここ、契約してるのはおばさんの名前じゃないみたいね。なんで他人の名前で店を契約したんですか？」

「おばさん、この店、じつは私の借りたお金で始めたんです。それでその方の名前にしたんですよ」

利子も5％払いながら返してるところなんだと言ったら、おばさんは私にこう聞いてきた。地元の人はよそ者には冷たいから、誰か新しくやって来て商売しようとしても長くは持たないもんなんだけど、あんたはしぶとく頑張ってるみたいだ、このままずっとしがみついてられるか？って。今さらよそ者がどうのって私にはどうでもいいんだ、私はうちの子たちを食わしていかなきゃいけないんだから、二度と詐欺にあわないで、とにかく真面目に商売だけを一生懸命やるんだから。私はそう答えた。

そしたら大家のおばさん、自分があんたの利子を2％にしてやるって私に言うんだよ！ 翌日、りんごを1箱持って、チさんの家に向かった。

「もうお金を返せるんですか？」

「いえ、大家のおばさんが、私が頑張ってるからって、チョンセを肩代わりして私への利子を2%にしてくれるそうなんです」
するとチさんも利子を2%にしようかって言うじゃない？
アイゴー、ただりんごと利子分と大家のおばさんから預かった1000万ウォンを渡すと、チさんへの借金を払い終わってしまった。その後は大家のおばさんにお金を返す日々が始まった。
そうこうして、うちの長男が自分の職場の社長と、ご飯を食べに店に来た。ちょうどエバーランド※の職員たちも食事していたんだけど、うちのご飯が本当においしいからって、園の中まで出前しに行ったらもっとうまくいくんじゃないかって言ったんだよね。
「わたし、出前のやり方なんて知らないんだけど、どうしたらいいですかね？」
それを横で聞いた社長さん、ことチョンさんが、私のところにささっとやって来て言った。
「私がここで仕事したらどうでしょうかいねぇ？」
近いうちに引退して奥さんと食堂をやる予定なんだけど、仕事を習いたい、と。配達は自分の車を使って、勉強しながらやるって言った。月給はその当時で100万ウォン。でも条件をひとつくっつけてきたんだよ。この歳でここで出前のアルバイトをしてるって言ったらお客さんたちがバカ

※エバーランド　龍仁市にある韓国最大のテーマパーク

にするから、夫婦のふりをしようって。子どもたちが遊び
に来たら私とは話さなければいいし、おばさんもお金を稼
げるし、いいじゃないですか、ってね。

私も早いとこお金を稼いで、子どもたちを助けてやんなく
ちゃ……。出前はすべきだって気はするけど……。それで、
その社長さんの奥さんとも話をして、自分の子どもたちに
も話をしておいた。そして、仕事を始める前にチョンさん
の四柱推命を、始興※の占い師に見てもらった。

「この人と一緒に商売しようと思うんですけど、商売運の
相性はどうか見てください」

どんだけ切羽詰まってたら、始興まで行って占ってもらお
うとするかって。二度と失敗するわけにはいかないからさ。
占い師が、おじさんはあんたを裏切ったり金を巻き上げた
りするような人ではなく、うまくいくだろうと言って、一
緒に仕事するのを勧めた。それにうちの息子もあの社長は
良い人だと言うので、信じられると思った。

こうしてチョンさんと私はふたりで仕事をすることになっ
た。オメ、どんどん出前の注文が増え始めたよ。チョンさ
んはソナタ※を売って、その代わりに、私がボンゴ車※を
1台選んでやった。ある日、チョンさんが軽く晩酌をした
あとボンゴ車を運転して、電信柱にぶつけた。それを聞い
た瞬間、私はカッとなって頭に血がのぼり、と同時にまた
何か間違いが起きるんじゃないかと怖くなって、チョンさ
んを呼びつけて、もううちの出前をやめろと言った。出前

のための弁当を目の前で全部捨てた。もうおじさんには配達を任せられないよ！　そうやって脅したあと、チョンさんを座らせて話をした。

「おじさん！　しっかりしてよ。私たち、この歳でどっか行ってまた仕事が見つかると思ってんの？　私はこれが最後なんですよ。人生全部賭けてるんだから」

チョンさんは10分間考え込んだあと、これでもう酒はやめると言った。そのあと10年間、酒を一滴も飲まなかったんだよ。おじさんもおじさんなりに切実だったんだろう。酒をやめたら私が代わりにタバコ代出してやるよって言ったんだけど、まあ、あんなに吸うとは思ってなかったね。日に2箱は吸ってたよ！　ハハ。

チョンさんは私にとって最高のビジネスパートナーだった。私たちはご飯の盛り付け方ひとつで喧嘩になった。けどさ。正直なところ、私たちふたりとも本当に思いっきり、ものすごく懸命に毎日を送っていたと思う。本気で一緒に猛烈に働いた人、というとチョンさん以外いない。チョンさん、私たち、本当に頑張ってやってきたよね（チョンさんとは今でも、私がキムチを漬けたり畑にサツマイモを植えたりと、何か仕事があるとやって来て手伝ってくれる間柄だ）。

※始興　京畿道西部にある市。仁川と隣接している。龍仁とは同じ京畿道内だが車で40分以上かかる
※ソナタ　現代（ヒュンダイ）のセダン。韓国の国民車的な存在
※ボンゴ車　ボンゴは起亜（キア）のトラックシリーズのこと。韓国ではワゴンカー全般を「ボンゴ車」と呼ぶことが多い

その後

テンジャンチゲと卵焼きで稼いだお金と、ローンも少し組んで、建物を立ててサムパプ※の店を構えた。とにかく一年中、名節※を除いて、休むことなく働いた。そのあいだ、あばらもやられたし、膝の十字靭帯も怪我した。手術して少しは休まないといけないんだけど、すぐキムチを漬けて、おかずを作って、米を研いでいたから治せなかった。

そうやって70歳を過ぎると治したい気持ちもなくなって、このままどうにかこうにか暮らして死んでいくんだろうなと思った。あきらめた、という言葉がふさわしい。ある瞬間、自分の人生というものをあきらめるということ。ただ、今の食堂を続けて娘にちゃんと譲って、子どもたちに迷惑かけないで死ななきゃ、っていう気持ちだけだった。

※サムパプ　包みご飯。葉物野菜にご飯と、サムジャンという味付け味噌をのせて食べる料理。店では肉料理やおかずが付いた定食で提供される
※名節　盆と正月のこと。韓国では旧暦で祝う

写真で見る

マンネの人生における重大事件

──10代

18歳のとき、私と2番目の姉の
パク・ヨンジュ（右）と。86歳
になった姉さんは今、妹の顔も
わからない。

──20代

結婚写真。20歳のとき、イネ
が紹介してくれたジョングンと
結婚した。ああもう、イネのバ
カ。

イネや。天国で待ってな。あん
たのせいで私がどれだけ苦労し
たと思ってんの？　あんた、天
国で私がうまくいくようにしと
いてよ。ありがとう。

長男と私。21歳で初めての子を産んだ。このときは本当にハンサムだったんですよ。中学2年から崩れ始めたって？

──30代

27歳で2人目、33歳で3人目が生まれた。まあとにかく一生懸命生きていた。長男が3歳のときから義母に預けて、私は外で働いていたんだけど小学2年になってやっと長男を連れて帰ることができた。

次男と私。野球をやると言って私の金を使い果たした。母さん、俺が野球で稼いで飛行機乗せてやるからって私にねだるんだ。飛行機どころかリヤカーにも乗せてくれなかったけどね。飛行機は結局ユラが乗せてくれたよ。

末娘のスヨンと。今は私の跡を
継いでサムパブの店をやってい
るので、一緒に家族旅行にも行
けないのがいちばん悲しい。娘
は私みたいに苦労だけして生き
てたらダメなのに、と思って。

35歳のとき。私の人生は悲惨
だった。終わったも同然の私の
人生。考えるのも嫌になる人生
だった。私は歳を取っても今が
いい。幸せだ。

37歳、友だちと一緒に汝矣島
に「光州食堂」を開いた。商売
しようと思ったら強く図太くな
らなければならないということ
をこのとき学んだ。

——40代

43歳の私。

46歳で龍仁に定食屋を開いた。
名前は「姉妹食堂」。ここに建
物も建てて、引退するまでずっ
と仕事した。

——50代

10代の頃から付き合いのある
故郷の友だち、エスンと。契の
旅行で済州島に行ったとき、菜
の花畑で撮った。いま再び、こ
の頃が私に訪れているのかもし
れない。

ハーフタイム

だから、私が言いたいのは、おばあちゃんみたいに生きたくないってことだ。

70年の人生を、父のために、夫のために、子どもたちのために、腰が曲がるほど仕事だけして生きてきて

「パク・マンネさん、認知症になる可能性が高いですね」という言葉を聞くことになる、かわいそうな人生。

おばあちゃんが病院で認知症の疑いがあると診断された日、私は27歳で、人生は本当に不公平だということを認めざるをえなかった。

おばあちゃんとふたりでオーストラリアに旅に出た。勤めていた会社は辞めた。

なぜ退職までしなければならなかったのかというと、とり
あえず会社というところは「おばあちゃんのための孝行旅
行」なんて理由で気持ちよく休暇をくれたりはしなかった
から。会社の代表とマンツーマンで面談をして、涙を流し
ながら、どうして私が今すぐおばあちゃんとふたりで旅行
に行かねばならないのかについて説明したのだけど、結果
「ユラさんったら、本当に世の中というものをわかってな
いんですね」という視線を浴びただけだったからだ。

いま思い出しても、あのとき私は、ある考えに取り憑かれ
ていた。

かわいそうな私のおばあちゃん、
このまま死なせるわけにはいかなかった。

——ユラ

人生、
これからだ

1
すべての始まり、
オーストラリア・ケアンズ

#おばあちゃんと人生初の海外旅行　#サマークリスマス
#ヘルメットダイビング　#ケンゴリー　#「パク・マンネお
ばあちゃん」キャラクター誕生

マンネ

「おばあちゃん、あっちは夏だよ」
「夏だって？　なにふざけたこと言ってんだい」

寒くて死にそうだってのに、夏服を用意しろだって？
私は70年このかた、国ってものはどこもみんな同じだと思っていた。
この子がまた私をからかってるよ！
鼻で笑って冬服を準備した。
ところがじっと見てたら、ユラが本当に夏服を詰めだした。
黙ってそれを見たあと、私もユラに内緒で夏服を1枚詰めてみた。

「私たちが行くところがどこだって？」
「ケアンズ」
「ケオンドゥ？」
「ケアンズ！」
「ケウォンド？」
「ケ・アン・ズ！」
「ケオンジ？」

ユラ

この旅行に出かける前、インターネットで認知症のあらゆる予防法を探しまくった。そこで見た通り、おばあちゃんの携帯にアプリを入れてモグラ叩きゲームを始めた。ゲームに興味のないおばあちゃんは無理してゲームをやった。モグラを捕まえなくちゃいけないんだけど、見当違いの地面ばっかりタッチしてはステージ1で脱落するというオチ。思い通りにならないのが恥ずかしいのか、「わたし、もうやらない、やらないよ」と言いながらも「もう1回やってみるよ」と繰り返し挑戦していたおばあちゃんの姿。がめつくしぶとく生きてきて、この世に恐れるものなどなかったパク・マンネも、認知症が怖かったのだ。

頑張ってやってみると言うときのおばあちゃんの表情。
なんでおばあちゃんの表情はあんなに悲しそうなんだろう。
おばあちゃんにはモグラを捕まえるほうがよっぽどストレスみたいだ。

ダメだ。他の方法を探そう。
認知症関連の論文にもあたってみたし、インターネット上で認知症患者のカフェ※にも加入した。そうこうするうちに見つけた文章が私の頭を打った。

認知症は意味の病気です。

私という存在にもはや、たいした意味がないと判断すると
き、それとともに脳細胞も少しずつ減少し、記憶力を失っ
ていく病気。正確ではないけれど、およそこんな内容だっ
たと思う。

つまり、自分がこの世に存在する価値がないと判断すると
き、憂鬱と試練が自らを侵食するにつれ脳細胞がひとつず
つ損傷していく、心の病。
そうだ、関係ないモグラなんて叩いている場合じゃない。

おばあちゃんがなぜ生きなければならないのか！
なぜ存在しなければならないのか！
何をすべきなのか！
おばあちゃん、あなたの人生の意味を探しに行こう。

それが何も考えずにただゲラゲラと笑うことだろうと、毎
日お客さんのためにご飯を作るという仕事だろうと、この
世に生きている価値があると感じさせる何か。
結局のところ人生とは、日々、自分の人生の意味を探して
いくことだ。
その意味が尽きたと感じたなら、たとえ目を開けていても
人生は終わったも同然なのだ。

※カフェ　Naver、Daum など韓国の主要ポータルサイト内にある会員制コミュ
ニティページ

そうだ、旅行に出よう。
本当に自由な旅へ。

目的地はオーストラリアのケアンズに決めた。オーストラリア観光庁に勤める知人が言うには、オーストラリアにはおばあちゃんと一緒にできるアクティビティが多いそうだ。職場には退職願を出した。休暇をもらおうと涙まで流してひと芝居打ってみたけれど、うまくいかなかった。

しょうがない、私の家族を大切にしない会社なんて、私もいらない。

おばあちゃんは私の気がふれちゃったと言った。いったい母親でもなく祖母が病気だといって会社を辞めてくる孫がどこにいるんだ、って。
それもしょうがない。
もう辞めちゃったんだから、荷物でも詰めよう！

 マンネ

私も契モイム^ケ※ とかでそれなりに旅行には行ってきたほうだけど、個人旅行っていうのは初めてだった。空港に到着してみたら、私が知ってる空港とはなんだか違う感じだっ

た。契モイムの旅行では、私たちはチョン部長が言う通り
に1カ所にただ座って、誰かひとりがトイレ行くときだって、
がやがやとみんなで手をつないで行ってきてたよね。
でもユラとふたりで来てみると、オメオメこりゃなんだい。
空港ってこんなに広かったんかい？　どういうことよ。

コーヒーも飲んで、行きたいときに行きたいだけトイレに
も行ってきて。
これが個人旅行なんだねえ！

 ユラ

オーストラリアに到着した初日、スカイレールに乗って、

※契モイム　契＝頼母子講、モイム＝集まり。契は友人・知人でグループを作
りお金を積み立てること。貯めたお金や利子で旅行や食事会を行なったりする

先住民の文化を体験できるというキュランダ村に向かった。でもすぐに問題にぶつかった。ケーブルカーの中でおばあちゃんの写真を撮ったんだけど……。

いや、これのどこがオーストラリア？

雪岳山※（ソ　ラクサン）だって言われてもわからないって。

山登りに行くようなおばあちゃんの服装が問題だった。おばあちゃんにちょっと着替えてよと頼んだ。

「私はこういう服しか持ってない。これがいちばん楽」

私は撮った写真をバッ！と見せて聞いた。

「おばあちゃん、これ見てよ。ここはオーストラリア、それとも雪岳山？」

おばあちゃんが答えた。

「雪岳山」

キュランダ村に行くと、ちょうど現地の先住民の人たちが着るワンピースを売る店があった。おばあちゃんが着るワンピースを1着買って、その場で着替えさせた。こんな派手な柄のノースリーブのワンピースをどうやって着るんだと恥ずかしがっていたおばあちゃん。

いざ着て歩き始めると、おばあちゃんが変わった。

おばあちゃん、あなたが何を着てどう歩こうと人はまったく関心を持たないということがわかったんだよね。

山登り用の服を脱いで花柄のワンピースを着た瞬間、新し

い服を着たときみたいにおばあちゃんの心にも自信がついたようだった。4日間ずっと自分で服を選んでショッピングして、メイクももっと濃いめにしてみていた。

「こんな格好してるのに誰もじっと見てこない」

おばあちゃんは元気になった。水着で歩き回ったりした。海岸の街ケアンズでは、水着のままそこらじゅうを歩き、はだしで横断歩道を渡ることも日常だから。

おばあちゃんにとっては何もかも初めてやってみたことばかり。衝撃だったけれど面白いことばかりだった。

「生まれ変わったらオーストラリアに住みたい」

おばあちゃんはオーストラリアに思いっきりハマった。

 マンネ

#人生初の_ノースリーブ

たしかに、ユラがケーブルカーに乗ろうって言った。

もちろんケーブルカーにはちょっと乗ったことあるしさ、ああ、山に登るんだな！ってすぐわかったね。だから普段から愛用中の登山服を着たんだけど、ユラがなんで登山服を着たのかってバカげたこと言いやがる。

※雪岳山　韓国・江原道に位置する山。風光明媚で名山のひとつに数えられ、全国から観光客が訪れる

いや、山ってどこも同じでしょ。オーストラリアのケーブルカーだって同じ山を登って行くもんじゃないの。なら、山に行くときは登山服着てもいいんじゃないの。そう私は主張し、この服装でケーブルカーに乗った。

こんなに長く、高いところを行くケーブルカーは初めてだから、呆気（あっけ）にとられた。まるでジャングルに来た気分！？

「ユラ、写真ちょっと撮ってよ？」

チーズ。

……正直、そのときの写真はオーストラリアじゃなくて、なんか江原道（カンウォンド）の束草（ソクチョ）※ にでも遊びに来た人みたいだった。ケーブルカーから降りてすぐ、ユラが服を買ってあげると言った。いつもだったら、いいって、いらないって！って言うんだけど、写真を見たら本気でいまいちすぎて。

ちょっと見物でもしてみようかね？　そこでパッと目に入ってきた黄色のワンピース。その服を売ってたおばさんは最初英語でゴショコジョコジョーコジョーって話してたんだけど、よく似合う、きれいよ、とほめてくれたみたいだった。契モイムの旅行では外国人と一言も交わしたことなんてなかったけど、ユラと来てみると、たとえ一瞬でも視線を交わして挨拶なんかもするようになって、なんだか不思議だった。

そのおばさんが薦めてくれた黄色のワンピースを買った。着替えるところが見当たらないのでトイレに行って着替え

た。袖のないワンピースなのではじめは外に出るのが恥ず
かしかった。私の腕が全部出ちゃってるから。少しくらい
は隠さなきゃいけないのに、全部さっぱりと出ちゃってる
んだから。人が私のことをじっと見るんじゃないかって。

勇気を出して出かけてみたら、本当に誰ひとり、私に関心
を持つこともなければじっと見ることもしなかった。あの
人たち、目がないのかね。せっかく私が服買って着てるん
なら、ちょっとは見てくれてもいいんじゃないかね。ただ
のひとりもこっちを見ないで、自分の見たいものだけ見て
るんだから。とにかく、とりあえず私はいい買い物したと
思うんだけどね、どうだろ？

写真もよく撮れたし、周りも私によく似合うと言って、親
指を突き出して「いいね！」サインをしてくれた。

#ケンゴリーに_出会った_日
生まれて初めてテンゴリーだかケンゴリーだか名前もよく
わからん動物をキュランダ村で見た。そしたらそれが前脚
は短くて後ろ脚は長くって、怪我してるみたいだからかわ
いそうで見るのがつらくってさ。
「脚が折れてそうなっちゃったの？　オメオメ……」
かわいそうで、そこを何度もなでてやった。

※束草　江原道北部の港町。北朝鮮との国境に近い、風光明媚な人気観光地

横に韓国人の男の人がいたので、話しかけてみた。

「オメ、この子ったら足が悪いみたいですよ……。骨がぐしゃってなっちゃったんですよ」
「え？　何がですか？」
「この子、後ろ脚が使えなくて、やたらと引きずってるじゃないですか。どうしたもんでしょう……」
「おばあさん、カンガルーはもともとこうやって歩くものなんですよ……」

私は恥ずかしくって言葉が出てこなかったよ。そのあとはこのおじさんを避けて歩いた。

ケンゴリーは後ろ脚が長いんだな。
70年生きてきて初めて知った。

ユラ

おばあちゃんはカンガルーの足が犬みたいに4本とも同じ長さだと思ってたって？　おばあちゃんにとってカンガルーは想像上の動物だったみたい。何かのファンタジー世界に入り込んだ気分だったと思う。オーストラリアという国があることも知らず、カンガルーっていう動物がいることも

before おばあちゃんが着ていった服。

after おばあちゃんが新しく買った服。

知らなかったんだから。生まれたての子どもにとって世の中のすべてが不思議なように、おばあちゃんにはすべてのものが不思議で面白く見えたようだ。
「この国ではトマトがこんななの？」
「大根がこんなだと道行く人を突き刺すよ」

同じ場所で同じものを見ても、おばあちゃんは野菜の皮の色がどうとか、ヘタがこんな形だとか、とにかく詳しかった。私が注意深く見たこともなかったものたちを、おばあちゃんは全部覚えていた。私が数えきれないくらい食べてきたパスタでも、おばあちゃんはこのパスタはこんな味であのパスタはああで、と細かく覚えていた。

歳を取っているからこの世に新鮮さなんてないだろうという私の考えは間違っていた。手先は鈍っているかもしれないけれど、おばあちゃんの感覚は冴えわたっていた。すべてのことに反応し、ひとつも逃さないぞ、というように。

おばあちゃんよりはるかに短い人生しか生きていない私が、何をそんなに慣れっこでいたのか。なんで世の中知り尽くしたかのように生きていたんだろう。おばあちゃんのおかげで、私も「初めて」がもたらすワクワクとした気持ちをもう一度感じるようになっていた。自分がその気になれば、世界はいつでも初めての出会いにあふれている。

korea_grandma   ···

❤ 💬 ✈   🔖

korea_grandma「私はカンガルーの脚は4本とも同じだと思ってた。後
ろ脚のほうが長いなんて。なんて笑えるんだろう。カンガルー、あん
たかわいい！　愛してる」

マンネ

スケートだかスケーキだか、名前だけは私も知ってたけど、
実際食べたことはなかった。だからオーストラリアで、私
にもとうとうステーキってやつを食べるチャンスがやって
きたんだな、と猛烈に楽しみにしてたわけよ。私が見てい
たドラマで主人公たちがやってたように、私もステーキを
切ってみたかったんだよね。
もうとにかく心臓がドキドキだった。

ものすごく大きい、焼いた肉が出てきた。
私は鼻をくっつけて匂いを思いっきり吸い込んだ。
でも……けだもん臭くてけだもん臭くて。
オーストラリアにいるけだもんというけだもんが全部、私
の鼻をほじくって入ってきたみたいだった。
いや、ところでこの匂いはなんのけだもんの匂いだい？
オメオメ、人を殺した匂いだよ。
隣にいた韓国人の店員が尋ねてきた。

「料理がお口に合いませんか？」
「いやいや、この匂いはなんの匂いですかい？」
「何の匂いですって？」
「けだもん臭いんですけど？」
ユラが横で一言付け加えた。

「おばあちゃん、けだもん臭いって何？」
「けだもん臭いはけだもん臭いだよ、何だっての？」

 ユラ

おばあちゃん、「けだもん」って獣のことだよね？　この
有名なステーキを獣臭いと言って残して、私たちは韓国料
理店を探した。そのレストランの店員に「けだもん臭い」
と訴えるおばあちゃん……。
おばあちゃんの表情とその「けだもん臭い」という単語が
なぜだか笑えちゃって。

おばあちゃんは長いこと龍仁で食堂をやっていた。10坪
にも満たない食堂で、3000ウォンのテンジャンチゲを売っ
て、3人の子を育てた。私は小学校の頃からおばあちゃん
と一緒に暮らすことになったのだけど、正直それまではお
ばあちゃんとそんなに仲が良いわけではなかった。よく会
うわけでもなく、遊びに行ってもおばあちゃんは食堂の仕
事で忙しくて挨拶する暇もなかった。
「お孫さんが立派に育ってうらやましいですよ」
時おり、そんな声を聞くたびにおばあちゃんは「この子は
自分で大きくなったんですよ」と答える。孫娘に思いっき
り愛を注いだという記憶もなくて、すまない気持ちだと。

食べていくのに精一杯で、よその家みたいに「うちのかわ
いい子犬ちゃん」などと呼んでかわいがったこともなくて、
それなのにこの子はこんなにしっかり大きくなってくれて、
私はプレゼントをもらったようなものだと。

ある意味、だからなのかもしれない。
だからこそ、友だちのように気の置けない関係になったん
じゃないかって。
私はときどきお小遣いが必要になると、おばあちゃんのと
この食堂でアルバイトをし、おばあちゃんは私を孫ではな
くアルバイトとして扱った。

「おい、ちゃんとやんな！」

おばあちゃんのこんな性格のおかげで、私たちはいつしか
仲良くなって、特別な関係になった。

 ユラ

ケアンズには世界最大の珊瑚礁地帯があった。
グレート・バリア・リーフ。ここはスキューバダイビングや
スノーケリングに人気の場所だ。

私たちは軽くスノーケリングをすることにした。本当はおばあちゃんの歳でこんなアクティビティをするのはきつかったかもしれないのだけれど、おばあちゃんはすばらしく勇ましく遊ぶので……。
ところが、事件が起きた。

 マンネ

海の真ん中で置いてけぼりにされた。
果てしなく広がる水平線と空だけが見えて、ただ海だけがあった。
いやほんと、こんな風景、生まれて初めて見たよ。

私が海を見たことがあるっていっても、山が迫る莞島※のワンド
海を見たんだよ！　こんな海は初めてだって。
でもなんだかアヒルの足みたいのを渡されて、潜水服着させられて。ユラのバカは私を見て、海女みたいだから、ア
あま
ワビ取ってこいって言った。アワビだろうが何だろうが私は泳げないんだからさ、ちょっと怖くなった。
そこで講習を受けたんだけど、何か起きたら手を上げて振れって、そればっかり言うんだわ。他は何ひとつ耳に残らなかったけど、私は死にたくないからそれだけは覚えた。

※莞島　韓国南西部にある島。周囲は250以上の島々からなる多島海

ホースのぶらさがった水中メガネをつけて、人々は海へと降りていった。私も怖がるってことがないからさ、肝がすわってるっていうのか、とにかく怖いと思うこともなく水中に入ってみることにしたんだ。

はしごを一段一段降りていたんだけど、私の後ろにいた男の人がいきなり私をトンッ！て押すから、私がボン！と海に落ちちゃったんだよ！

私はそのまま流されていった。

何にもしてないのに、だんだん船から遠ざかっていった。

水はずっと鼻に入ってくるし、口にも入ってきた。

「ユラ！　ユラってば！」

叫べば叫ぶほど水が口に入ってくるし、力はどんどんなくなっていくし、外国人たちはやっぱり私のことなんて見てもいなかった。

オメオメ、助けてくれ！

体中からほとんど力が抜けきっていた。

ユラ、あのバカ娘ってばどこにいるんだか！

さっきまでは間違いなくヘリコプターが上をくるくる回っていたのに、私が海に落ちたときにはどっかに行ってしまったのか、もういなかった。

ユラは私を探してるかねえ？

みんな同じダイビングスーツを着て、同じように水中メガネをしているから、私を見つけるのは難しいだろう。

まったく、オーストラリアまで来たんだし豪勢にやろうと思ったら、ここで死ぬとはねえ……。

ところが無意識のうちにも、私は空に向かって手を伸ばし、振り回していた（だから安全教育ってのは大事なんだね）。

水を飲み込みすぎて息が詰まりかけた瞬間、どっかの韓国の男たちが私を取り囲んで、ずるずると引っ張っていった。

「おばあさん！　体の力を抜いて、横になってください！」

そのときはなんて言ってるのか、まともに聞こえなかった。

まずは助けてくれって体全体をバタバタさせてもがいたよ。

男の人たちは引っ張っていくのがさらに大変だったはずだ。

結論から言うと、あの人たちのおかげでなんとか助かった。

水の上に出ると「オメ、私は助かったよ」という思いと同時に心臓がバクバクした。すぐ椅子に横になった。頭もすごく痛かったし、怖くて体がぶるぶると震えた。あのときはあんまりにもショックを受けたから頭がどうにかなるんじゃないかと思ったけど、水を吐いてみたら、なんともなかった。

あとで聞いたら、私を助けてくれた人たちは旅行会社の社員だったって。

私はあのおじさんたちのことを忘れない。

本当に、ありがとうございます。ありがとうございます。

 ユラ

ヘルメットダイビングというのは、その名の通り、大きな
ヘルメットをつけて水中に潜り、海の中を見てみるという
ものなのだけれど、思うように息を吸えるので、水が怖い
という人もできる。およそ1300種の珍しい海洋生物たち
をまさに目の前で見られる！

おばあちゃんにどうしても見せてあげたかった。これが今

水中に入る前……まったくもって不吉な予感がした。

日のハイライトなのに、見ないで帰ったらもったいなさすぎる。ああ、でもうちのおばあちゃん、スノーケリングのせいで、すでに海の水からは気持ちが離れた状態だった。

「予約までしたのに、行かないの？　本当に行かない？」

何度も聞いたけど、やらないって言うからどうしようもなかった。楽しもうとしてやることを、強要したり無理したりするなんてダメだ。ただ、やめようと言った。でも私の顔には失望の色がはっきり浮かんでいたと思う。

おばあちゃんは、しばし考え、そして……悲壮な面持ちで立ち上がった。

 マンネ

しばらくしてから、ユラ、あの娘が今度はヘルメットをかぶって入ろうって言う。

「おばあちゃん、ヘルメットダイビングは安全なんだよ？」
「行かないってば！　このバカ娘はまったく。私はもう死にそうだよ。行かないよ！」
「もうこれ振り込んであるやつなのにな。ねえ、本当に面

白いらしいよ！」
「振り込みだか何だか知らないけどね、とにかく私は入らないからね！」

私たちのやりとりを聞いていたガイドさんが助けてくれた。
「お母さん、ここは怖くないから私の手を掴んで入っていけば大丈夫ですよ」
「お母さん、水中に入ってそろっと足を動かして私についてくれば、たくさん魚を見られますよ」

何度も私を……誘うんだ。
決心した。
「えい、もう知るもんか。私が死んだら保険金は丸ごとあんたが持ってきな！」

オメ、入らなかったら本当に後悔するとこだったねえ？
あのガイドのおじさんの言葉は正しかったってことだ。
まったく、こんなに大きな魚、初めて見た！
たしかに息をするのも楽だし、写真を撮るのにも楽だし、
私は自分の家の居間みたいに海中を歩き回った。

うわ！　うわ!!　こんな世界があったんだ。
こんな海に、あんな魚がいて……。
知らずにいた私はほんとにバカだったよ。

ユラ

船の上にあがってヘルメットを脱いだおばあちゃんは、星を初めて見た子どものように目をキラキラさせていた。こんな別世界があったなんて、本当に面白かった、と喜ぶおばあちゃんの様子に、私も幸せな気分になった。

長らく家族として過ごしてきたけれど、おばあちゃんのこんな表情は本当に初めてだった。

私がおばあちゃんと同じ70歳の老人だったなら、あの恐ろしい海の中へもう一度歩きだせただろうか？
いや、私だったら、死ぬのが怖くてただ座ってるだけだったはずだ。

だから、パク・マンネの人生大逆転は、私が背中を押したから起きたんじゃない。あの日、再び海へと自らの2本の足で踏み出した、おばあちゃんの勇気から始まる奇跡だったのだ。

餌をやったら魚がバーっと寄ってきたよ。すごく素敵だった。入らなかったら
後悔するところだった。

2

ユラ、
会社に戻るのかい？

#YouTuber パク・マンネの誕生　#歯医者に寄ってから市場に買い物行くときのメイクアップ　#契モイム・メイクアップ　#ぴょんたちが生まれた

ユラ

オーストラリアを旅するあいだ、動画をたくさん撮った。ちょっと面白く編集して、まずは私のFacebookにアップした。そして家族にシェアしたのだけど、肝心の主人公たるおばあちゃんだけ見られなかった。Facebookというのは登録してはじめて中身を見られるものじゃなかったっけ。登録みたいなことをしないでも、おばあちゃんが動画を見られる方法はないかなと考えていると、リンクひとつで見られるYouTubeを知った（そのときまで私はYouTubeのことをまったく知らなかった）。ひとまずYouTubeに動画をアップし、うちの家族で作っているカカオトークのグループにリンクを送った。

家族の反応は爆発的だった！
面白くて私たちはゲラゲラ笑いながら見た。だっておばあちゃん自体が笑いを持っているから。私はちょうど、おばあちゃんとの旅行のために会社を辞めてしまっていたので、一日中動画だけ見ていた。それにしても、自分で作った動画なのになんでこんなに笑えるのかな……。
自分だけで見るには惜しいという気がした。考えた結果、旅行コミュニティ「旅に狂う」にアップすると、やっぱり反応はよかった。再生回数が100万を超え、その年の旅行動画ランキングで上位にランクインした。

……それで終わりだった。旅行と動画、ありえない再生回数と「いいね！」。爆風のような時間が過ぎ、私たちは日常に戻った。

おばあちゃんは食堂に出て、私は無職になった。朝起きると両親の刺すような視線を感じるようになった。1週間かそこら休んだだけなのに、私が周りの人を不安にさせているみたいだった。

また就活しなきゃ。

けれど、考えてみるとおかしな話だ。

おばあちゃんの認知症予防のために、と言って会社を辞めたのに、旅行に1回行っただけで、また仕事しに会社へ戻るの？

退職は私にとってあまりにも大きな決断だった。それをたかだか1回の旅行と引き換えにするのは、まるで割に合わない。

「どうせ辞めたんだし、この際、おばあちゃんともう少し楽しい時間を過ごさなきゃ」

カヤックをする知人に頼んで、おばあちゃんと漢江[ハンガン]に行って船にも乗ったし、フォーやパスタを食べにも行った。おばあちゃんはどれも初めて食べたと言った。こんな料理、ドラマで食べるものだと思ってたって。

あ、そうか。私は飽きるほど食べてきたものだけど。

だったら今からでも、もっといろんなことしてみようか、おばあちゃん？

おばあちゃんとあれこれやっては、それを全部映像に残した。撮影した動画はやっぱり、おばあちゃんが簡単に見られるようにYouTubeにアップして家族と楽しんだ。

私は一度始めたらちゃんとやらないと気が済まないタイプなので、サムネイルを作って見た目を揃え、ひとつひとつ順番にアップしていった。どこかで聞いたことがあったので、動画の最後に登録ボタンを押してねと字幕を入れた。うちの親戚たちと友だちが登録ボタン押すんじゃない？たぶん。

登録者数が18人になって、私は気をよくした。実際、そのときまで私はYouTubeを見もしなかった。もちろんYouTubeがビジネスになるなんてことは想像すらしなかった。ただフォローしてくれた家族と友だちだけが見てるんだと思っていたし、YouTubeが世界のどこでも誰でも見られるオープンプラットフォームだということも知らなかった（今では信じがたい話だろうけれど、当時はそうだった）。アップした動画の再生回数も30〜40回くらいだった。

YouTubeをあれこれ見てみると、人気動画のほとんどはメ

イク動画だということがわかった。うちのおばあちゃんだっ
てかなり長いこと化粧をしてきて上手だし、家にはメイク
ボックスがたくさん積まれてるくらいなんだけど……一度
撮ってみようか？
ああ！　なんだか想像しただけで、ものすごくセンセーショ
ナルでかわいい画になりそうなんだけど！

ある日、おばあちゃんが歯医者に行くというので、いつも
通り歯医者に行くとき用のメイクアップを撮影してアップ
した。
あの、それがいったい、これはなにごと……？
1日にして再生回数が100万を超えたと思うと、Facebook
のメッセージにメールにと、まさに大騒ぎになった。

当初から、どうせやるならとサムネイルのデザインの一貫性にも気を遣った。

「電話機が火を吹いた」っていう表現がどういうことなのか実感した。記者からはもちろん、たくさんのMCN（マルチチャンネルネットワーク）の会社から連絡が来た。韓国にMCNの会社がこんなに多いなんて！　外国の会社からも連絡が来て、イギリスのBBCニュース、アメリカのAP通信からもインタビューのオファーが来た。

ようやく私も落ち着いて、YouTubeに戻った。
うちのおばあちゃん、
YouTube界で、本当に特別なキャラクターなんだ！

 マンネ

ユラはオーストラリアでクソ重いカメラをかついで動画を撮っていた。
しばらくして、動画がひとつ、私の携帯に入ったんだけど？
見てみたら、私だねえ？
いや、だってあんなに大きなカメラで写真を撮ってたのに、どうしてちっちゃな私の携帯にこの動画が入ってるのさ？

まったく、私が見てる世界ってどんな世界？
どんなふうに世界は回ってるんだ？
けど動画を見てみたら、まさにテレビを見てるのと同じで

面白いんだよ。
わたし、あんなこと言ったっけ？　オメオメ、ハハッ。

ユラが賢い子だってことは知ってたけど、こんな才能があったんてね。
寝るときに流しておくと自分の声が大きすぎて寝られないから、本当に退屈しているときに見たさ。

少し経ったある日、ユラが大げさに騒ぐんだ。
「おばあちゃん、ヤバい、大変なことになったよ！」
「なんだって？　誰かの頭がぶっ飛びでもしたのかい？」
「そうじゃなくて、大ヒット！」

だから、この動画をインターネットに上げて、それがなんで大ヒットなのさ？
うちの家族だけで見るもんじゃないのかい？
誰が見たってんで、大ヒット？

ユラは私にYouTuberにならないかと提案した。
「YouTuberが何だい？」
「今みたいに、遊びながら旅行に行けばいいんだよ」
「その金は誰がくれるの？」
「わかんない……YouTubeがくれるんだって……」

自分もたいしてわかってないくせに、何をしようってのさ、
いったい？

 ユラ

おばあちゃんの動画アルバムだと考えていたYouTubeのチャ
ンネルがバズり始めたと思ったら、18人だった登録者が2
日で18万人になった。
そのときはうれしさよりも怖さが先立った。これはどうい
うことだろう。

YouTubeっていうのはいったいぜんたい何なわけ？　知り
合いだったYouTuberの「ヘイジニ」※ というお姉さんに電
話して聞いてみた。お姉さんはYouTubeマーケットにつ
いて話をしてくれた。そしてYouTubeをやってみなよと私
を激励した。
「ねえユラ、あんたすごくうまくやれると思う。できるよ」
もしかしたらこれは、私の人生、おばあちゃんの人生に、
天が授けた一世一代の機会と言えるのかも。
おばあちゃんへの私の思いを天がわかってくれたんだ！

……正直、悩む必要もないことに、私は無職だった。おば
あちゃんと相談した。ああ、おばあちゃん、それにしても

こんなことがあるんだね。これが仕事になるなんて？

「そうだよユラ、あんたにも仕事がなくっちゃね。いつまで無職でいるつもりだい」
私が動画を撮ってアップするならば、主人公は当然おばあちゃんになるから相談したのに、おばあちゃんは他人事のように話をした。
このチャンネルが自分のものだとは考えもしなかった様子。

「いやいやおばあちゃん。おばあちゃんと私がYouTuberになるんだってば」
「それ、なに？」
「こうやって動画に顔を出すってこと」
「今みたく、あんたと私とで遊んでればいいのかい？」
「そう！　でもお金になるの」
「金は誰がくれるんだい？」
「わかんない。誰かがくれるって」
ふたりともいまいちよくわかっていなかったけど、なんだかワクワクした。私たちに契約を持ちかけてきた会社の中にはCJ※もあった。
「おばあちゃん、シージェイって知ってるでしょ？　そこ

※ヘイジニ　Hey Jini。おもちゃのレビュー動画が有名な人気YouTuber
※CJ　サムスングループ系列の大企業。飲食業がメインで国内最大のエンターテインメント企業も所有

が契約しようって」

「シージェイ？　知らん」

「ううっ……あ！　第一製糖、知らない？　砂糖売ってるとこ。小麦粉売ってる大きな会社がシージェイだよ」

「それなら知ってる」

やっとおばあちゃんが頷いた。じつは私はおばあちゃんが同意したあともずいぶん悩んだ。大企業というところは、なにかおばあちゃんを商業的に利用するだけのような気がして。私たちはただひっそりとやるのがいいとも思って。それでも連絡をくれた担当者に、逆に私から条件を出してみることにした。大企業なだけにおばあちゃんにたくさんの経験をさせてあげられるという気もした。

まず私は原則を決めて、話をした。動画をアップするスケジュールをあらかじめ決めておくのではなく、おばあちゃんのコンディションに合わせて、おばあちゃんが遊びたいと思ったときに撮ることにした。また、広告のオファーがあった場合、このチャンネルはおばあちゃんが何かを経験するということに価値を置いているチャンネルだから、おばあちゃんの調子次第で調整が可能なようにしたのだ。そしてコンテンツに関するどんな制約もなしにしてほしいし、強要があってもいけない。

一言で言うなら「どんな口出しもなし」が契約の条件だった。会社にとっては難しい要求なのに、それらをすべて受け入れるに値する魅力的なチャンネルだと判断したのか、合意にいたった（あとで知ったけど、私たちのチャンネルだけが特別だったわけではなく、クリエイターを尊重する会社だからこそ可能なことだった）。

私たちとしてもYouTubeというこの厳しい世界では何が起こるのかわからないし、より専門的なスタッフのサポートがあって、そしてその中で私たちが今と同じように自由にしていられるなら、これ以上の話はないと考えて、CJと契約した。

おばあちゃんがYouTuberデビューすることをあっさり決めた理由のひとつに、私に仕事をあげる、というのがあったはずだ。だけど私も同じ思いだった。おばあちゃんは71歳で、もうそろそろ引退しようかという歳だ。でもここでひとつ、クリエイターという新たな職を得て、YouTuberという名で新しい人生をスタートできるとしたら、それこそ私がずっとおばあちゃんにあげたかったプレゼントになるんじゃないかって思った。パク・マンネという人間が生きていくための、「人生の意味」というプレゼント。もちろん、おばあちゃんのことだけを考えていたわけではない。私にとってもすごく面白い仕事だった。大学の放送演芸学科で演技を勉強していた私は、自分には芸能人にな

る力量がないことを早い段階で悟り、そのあとは友人たち
の横でカメラを回していた。学校に通っていた頃から独学
で映像の公募展に出してみたり、友人たちと短編映画を撮っ
たりもした。何か面白いものを作っては、誰かとシェアす
るのが楽しかった。

いざ会社と契約というものを結んでみると、プレッシャー
を感じたのは事実だ。おばあちゃんは、自分はもう生きる
だけ生きたからどうでもいいけど、もしかしてあんたに迷
惑がかかるんじゃないか心配だよ、と言った。そんなこと
をおばあちゃんが口にするたびに、私は笑いながらこう答
えた。

「違うって！　おばあちゃんのおかげで私はYouTuberと
して再就職できたんだよ。サンキュ！」

そしてYouTubeで、自分たちのチャンネル情報をあらた
めて確認してみた。

*このチャンネルの存在意義はただひとつ、パク・マンネの
幸せだ。*

71歳、パク・マンネおばあちゃん。
これからYouTuberとして生まれ変わります！

Making Story
メイキング・ストーリー

『パク・マンネの
デイリー・メイクアップ』

#チークが赤すぎるときはさらに塗るべき　#緑色のリップ
は塗ると赤くなる　#爪楊枝＆ライターはマスカラ　#若者
や初心者は真似しないでください　#顔を小さくしようとす
るなら生まれ変わるしかない

朝ごはんのお客さんのために
42年間毎朝4時起床

「朝4時に起きるから」

「ほとんどなくなっちゃった」

おばあちゃん ㅋㅋㅋㅋㅋ
ちょっと白すぎない？

「この鼻にくっつけてるのは」

「いまご覧になっている方は
これが赤すぎると思うでしょ？」

「そういうときは、
さらにもう1回つけないと」

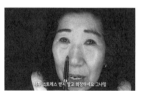

「そんなにストレスに思わないで、
とにかく化粧してみなさいよ、
とりあえず」

30秒にしてストレスを
感じ始めたマンネ

〈リップスティック〉
知るべくもないブランドの
緑色のリップ

〈マスカラ〉
爪楊枝＆ライター

「顔を小さくしようと思ったら
生まれ変わらないと」

「今日は歯医者に行くからさ。
これ以上派手にすると、この老
人ったら歯が痛いっていうのに
ちゃんと化粧する暇はあったの
かって言われそうだから、地味
にしたよ」

Commentary
コメンタリー

 マンネ

ユラが化粧をしてみようと言った。

ただいつもしてる通りに化粧した。

病院に行くときにあんまり濃い化粧をしたら、たいして
具合が悪くないと思われそうだから、少し薄化粧にして。

契モイムに行くときは濃いめに化粧する。

そのときそのときで、私なりの化粧法がある。

場所に応じて化粧のスタイルは変わる。

いつものように歯医者に行くときの化粧をしたら、それ
がまた大当たりだって？　あの子が言う大当たりっての
はいったいどんな大当たりで、それがどうしてまた大当
たりしたってわけ？

歯医者に行って、口を開けたり閉めたりしてたら、その
あいだに大当たりだってね。

それからユラは「ヤバいヤバい」って繰り返してる。

「今度は何がヤバいんだい」

「おばあちゃん、広告が入ったんだよ！」

ユラ

というわけで、おばあちゃんの広告。
バラ色の道は、この動画が始まりだった。

3

どんなドングリ拾いに
日本まで行くって？

＃おばあちゃんの願い　＃太陽が海にぽちゃんぽちゃん　＃こ
のままじゃダメだ撮り直そう　＃青春が勇気ならおばあちゃ
んは青春だ

ユラ

CJと契約した2カ月後の2017年6月、日本の観光庁の広告動画を撮りに日本の鳥取県に行った。契約の条件では広告は1カ月に2つまでとしていた。ただ、例外はあった。

旅に出る広告は何であっても受ける。

おばあちゃんは旅行がとても好きなのに、お金も時間もなくて、これまで旅行に出かけるチャンスがそれほどなかった。だから、たとえ商業的だと非難されたとしても旅行の広告は受けると、あらかじめそこは明示しておいた。
じつは私がいちばん大変なのは、海外での撮影だ。
でも、おばあちゃんはスケジュールがどんなにパツパツでも楽しんだ。

「私はいつでも行けるよ。毎日行ける」

おばあちゃんがこんなに喜んでるんだから、世に海外もののコンテンツがどんなに多くても、ひとまずは「Go」するのだ。

さて、行くことに決めたと同時に私の悩みは始まった。
旅行に行くのはいいけれど、今や私たちはYouTuber。初

めて日本に行って広告を撮らなきゃいけないんだけど大丈夫かな？　今回うまくやればこの先も旅行の広告が入ってきて、おばあちゃんもずっと旅行に行けるはずなんだけど。

もともとYouTubeのヘビーユーザーでもなく、ふとしたことでYouTuberになった私だから、興味を持って他のコンテンツを見ようとしてもそれほど食指が動かなかった。メイクアップにもたいして関心はなかったし、「モクバン」※を人はなぜ見るのか、いまいちよくわからなかった。登録している人たちはどうしてこういう番組が好きなのか、YouTuberというのはどんなタイプの人々なのか、まったく見当がつかなかった。

旅行コンテンツも同じだ。自分は行けないのに他人が出かけるのを見て何が面白いんだろう？　とくに、いまどき日本に行ったことのない人なんてそういないだろうし、誰が興味を持ってくれるだろう？　あふれかえる日本旅行のコンテンツの中で、私たちはどうやったらもっと「斬新な」のが撮れるんだろう？

突然ものすごいプレッシャーがのしかかってきた。そのうえ、観光庁側が提案してきたスケジュールはあまりにもタイトだった。このコースを全部めぐるとしたら、情報だけを羅列することになっちゃうんだけど、それ、面白いかな？

でもとりあえず行かなきゃ。どうしよう。

「トトリ※？　どんなドングリ拾いに日本まで行くって？」
「違うって、おばあちゃん、ト──ットリ（やれやれ）」
おばあちゃんは外国の地名を1回で読めたためしがない。

鳥取県に到着後すぐに映像を撮り始めた。「ゲゲゲの妖怪
楽園」ってところに行かなきゃいけないって？　妖怪と聞
いてちょっと怖がったおばあちゃんは私の後ろをついてき
た。しかし、ここはなんていうか、民俗村※ みたいな雰囲
気のテーマパークだった。
妖怪キャラの前で写真を撮って、妖怪パンを食べて、妖怪
ジュースを飲んで。

はあ……つまらなすぎる。

初めて訪れた日本の印象は、とにかく本当に静かだった。
うちのおばあちゃんはパンパーンと弾けるようなキャラク
ターなのに、日本では足音にも気を遣わないといけないよ
うな。とくに鳥取は小さな都市だからなのか、行く名所の
先々には人がいなくて、静寂に包まれていた。

※モクパン　グルメ、大食いなどの食べ物系動画
※トトリ　韓国語でドングリのこと。トを強く発音するので「トットリ」と聞
こえる
※民俗村　京畿道龍仁市にある体験型歴史施設

おばあちゃんという人は、私が演出しながらきちっと演技
をさせて撮影できるような人間ではない。わざと「ここは
本当に素敵ですねえ」なんて言わせても本当のところはバ
レてしまうので、私はとりあえず淡々と、ポイントごとに
おばあちゃんを撮っていった。

浴衣ショップでおばあちゃんは浴衣を1枚買ってきた。そ
れを着て、まるでスタンプラリーをするように市内の名所
を回った。「観音院庭園」を心ゆくまで眺め、お茶を飲んだ。
さいわいにもおばあちゃんは楽しんでいた。

「私はトトリ拾いに来たんだと思ってたけど、名前がトッ
トリなんじゃんね！」

おばあちゃんはようやく、私たちがどこに来たのかを理解
した。

温泉に行って懐石料理（日本の宴会用コース料理）を食べ
たとき、おばあちゃんは2度目の気づきを得た。

懐石ではご飯はいちばん最後に出てくる、ということ。
日本では、料理をゆっくり少しずつ出してくれるんだね。

温かいお湯に浸かって、疲れも取れた。すべてが穏やかで

平和だったけれど、私の頭の中は戦争状態だった。撮った
映像を見てみると、ひとつも面白くない……。寝ようと横

「ゲゲゲの妖怪楽園」で妖怪たちと。

ああ、本当にのどかではあるんだけど……。

になってみても、まったく眠くならなかった。
大変だ！

友だちに電話して窮状を訴えた。この映像どうしたらいい？
つまらなさすぎて衝撃なんだけど！　私がこれまで撮って
きた映像の中でも最悪だ。これ、お金返さないといけない
んじゃない？　おばあちゃんの面白いところが全然出て
ない！　どうしたらいい？

ぐっすり眠ってるおばあちゃんの横で私は頭を抱えていた。
無理して明るい雰囲気を出そうとしたってダメだから、静
かに、静かに……静かに？
静謐……日本……そうだ！　これが日本の姿なんだ。
思いっきり静かな日本映画の雰囲気で撮ろう！
夜もすっかり更けるまで、シークエンスを組み直した。映
画の脚本を丸ごと1本書く勢いで。大騒ぎだった。

そして夜が明けた。両目を真っ赤にして、戦場にでも行く
のかっていう悲壮な面持ちでカメラと三脚を準備した。そ
のときの私の顔は、たぶん従軍記者並みの泣き顔だったん
じゃないかな。

「おばあちゃん、起きて！　砂地に行ってヨガしなきゃ！」

私たちは朝早くからヨガをしに鳥取砂丘に行った。日本的な感性をよく表すシーンになると思った。これまたさいわいなことにおばあちゃんも、今まで一度もやったことがないからやってみたいと言った。

砂の上で海を見ながら、よろよろ、ふらっ。

体は思うようには動いてくれなかったけれど、長いあいだこの時間には他人の朝ごはんの準備をしてきたおばあちゃんが、今は自分のために時間を過ごしていた。

朝ごはんを食べて、おばあちゃんは窓の外の海岸をしばらく眺めていた。そこでジョギングする人たちを見ながら、「あの人たちの膝がうらやましいよ」と言った。「私だって昔はああだったんだけど、何年か前から足が木靴みたいになっちゃった。えい！　ああいうのを見ると、昔を思い出してまた腹立つわ」

奪い取っていった人がいるわけじゃないのに、おばあちゃんの青春はみんなどこに行っちゃったんだろうか。

でも、青春とは勇気だ、と言うなら、おばあちゃんは今でも青春の真っ最中だ。砂の丘でおばあちゃんは勇敢にもサンドボードをした。日常を離れると、すべての瞬間が挑戦になる。1回目がうまくいかなくても、おばあちゃんは水を一口飲んでまたすっくと立ち上がり、もう一度挑戦する。

かっこよくボードに乗って、砂の丘を切り裂いていく。

「たいしたことないね。私も最初はビビったけどさ、どうってことないよ」

わはは。
勇気によって青春を取り戻したおばあちゃん。

 マンネ

日本で砂地を歩いていたら、急に昔のことを思い出した。
いつだったか、道を歩いていたおじいさんが私を見てこう

マンネ、できた！

言った。

「砂地を歩いたことあるかね？」
「いいえ。なんでですか？」
「あんたの今の心情、砂の上を歩いてるような気分だろう」

それだけ言うと、おじいさんは行ってしまった。
私は何のことだかよくわからなかった。
でも日本に来て初めて砂地を歩いてみたら、それがどういう意味だかわかったよ。

どんなに歩いても元の場所から進んでいないような気分。

おばあちゃんは生まれて初めて自分のための午前のひとときを過ごした。

あのとき、あのおじいさんの言葉が、今まさによみがえる。
ちょうどあのとき、私はあわれでわびしくて、疲れてへとへとになって暮らしてたんだけど、おじいさんはどうしてそれがわかったんだろう？

そうだパク・マンネ、あんた、本当に恐ろしい砂地の上を歩いてきた。
旅行先のこの砂地で、あのときのことを思い出すなんてね。
人生ってほんと、わかったようでわからないもんだ。

 ユラ

「オメ、いいねえ、オメ、いいねえ」
温泉に入ると自然に歌が出てきた。
お湯に浸かってさっぱりしたおばあちゃんは、威風堂々と商店街を歩いていった。おやつを買うにも、「若いのがよく食べるやつ！」と叫んだ。日本語はひとつも知らないけど、身ぶり手ぶりで若い子たちと対話を試みたりした。おばあちゃんのコミュニケーション能力の成長度は、ちょうど生まれたてレベル。

「砂の美術館」に行ったら、願いをかなえてくれるという紙が置いてあった。おばあちゃんは紙を広げてしばし目を

閉じてお願いをした。どんなことを願ったのかはわからない。おばあちゃんはなかなか席を立とうとせず、最後に紙を持ち上げてもう一度お願いをした。

「私の願いを聞いてくれるんでしょ？　そう信じてるからね。願いがかないますように。どうかかないますように」
胸に迫るほど切実な姿。いったいどんな願いごとをしたんだろう。

もう日も暮れようとしていた。テラスに立ち、太陽が海へぽちゃんと沈むのを眺めた。沈みゆく太陽に手を振りながら、おばあちゃんは過ぎ去った青春を思い浮かべていたんだろうか？　宿に戻る道で、おばあちゃんの後ろ姿がさびしそうに見えたのは私の気のせいかな？

「考えてみたら、相手がいないのはあんたと私だけだね」
私がそばにいるから男が引っかかって（？）こないんだと、おばあちゃんは私のせいにした。
「このバカ娘を連れて歩いてるからダメなんだよ」
夕食のとき「ここにはカップルしかいないのに、ユラだけひとりだから胸が痛むよ」などとおっしゃる。
おばあちゃん、もうやめて。ストップ、ファクト攻撃！
ムカついたからという口実で私たちはビールを飲み干した。
でもおばあちゃんにはおじいちゃんがいたじゃん。あ、ま

ずい。おばあちゃんの前でおじいちゃんの話をしたら、激怒するんだった。

「あのじいさん、ひとの人生根こそぎぶっ潰しにしてくれちゃって。今になって後悔して、死んだあとからちょっとは私を助けようってんでもないんだからね……」
おばあちゃんはずっと、おじいちゃんのいない青春を恋しがる。おばあちゃんが独身だったら彼氏とあちこち旅行に行きたいって。連れて回ってお酒も飲ませて。結婚するとしても全部そのあとだって。

私もそう思う。でも今はおばあちゃんとあらゆることをしてみたい。おばあちゃんの人生が完全に過ぎてゆく前に。

殺人的なスケジュールだった2泊3日の日程を終えた私は、本当にぐったりしてしまった。韓国に戻ると動画の編集をして、日本語のナレーションのできる人を探してきて録音をした。日本の観光庁側では多少とまどったと思う。旅行動画はふつう明るくて笑えるものなのに、私たちはドキュメンタリー映画のような作りにしたから、これで大丈夫だろうかと不安に思ったはずだ。でもさいわいなことに反応はとてもよかった。私たちの動画の影響で鳥取県の訪問者数が増えたと記事にもなったし、観光庁も大満足だと言ってくれた。

同時に私もYouTuberとしての達成感があった。けれど、もう一度あんなふうに撮れるかというと、できないと思う。おばあちゃんがリラックスして遊んでいるあいだ、私は「うまくやらなきゃ。うまくやればおばあちゃんはまた旅行に行ける」というその一心で、本当に一生懸命撮影した。まるで劇映画を撮るみたいに、上から撮って、地面に横になって撮って、走りながら撮って、トレイラーから撮って……。あとでそのときの私の姿を見たら「ああ、青春だ！」と感じたりしないだろうか。砂粒のように数えきれない無数の日々の中に、忘れられない2泊3日を残し、こうして私たちの2度目の旅も終わりを告げた。

おばあちゃんが楽しんだなら、それでいい。

Making Story
メイキング・ストーリー

「ありがとうしか言わない
日本旅行 in 鳥取県」

오메 좋은거

オメ、いいねぇ

우리 할머니는 매일 아침 새벽 4시에 일어나 식당을 해왔다.

うちのおばあちゃんは毎朝4時に起きて食堂をやってきた。

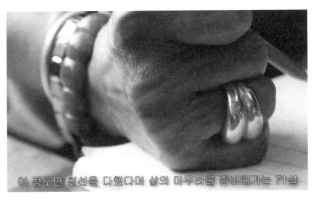

이 정도면 최선을 다했다며 삶의 마무리를 준비해가는 71살

まあこれくらい頑張って生きたなら上出来だろうと、
人生のまとめに入った71歳。

うちのおばあちゃんは毎朝4時に起きて食堂をやってきた。
これくらい頑張って生きたなら上出来だろうと、人生のま
とめに入った71歳。
あなたはあなたの71歳を想像したことがありますか？
おそらく……想像するのが嫌でしょう？
でも私たちは、歳を取ることを恐れる必要はありません。
チヂミみたいにパッとひっくり返ることもあるんですよ。

막례씨는... 아리가또 밖에 모른다구요..

청춘을 찾으러 왔어요

日本人：*この駅の名前は泊って言います。*

（マンネさんは……

「ありがとう」しか知らないんですってば……）

日本人：*（泊駅について説明してくださっています）*
パク・マンネ：*何を探しに来たか、ですって？*
青春を探しに来ました。

パク・マンネ：出発！（えいえい）あれ、なんで降りて
かないの？　私が重いのかい？（ユラに）あんたが押
してみて。

しかし、思うようにはいかない。

パク・マンネ：（水を一口飲んで）あんた、ちょっと来て。
わたし、もう1回乗ってくるから。

2度目の挑戦！　ついに成功！　マンネすごい！

パク・マンネ：やっほ〜〜〜〜〜パク・マンネ、やった
ぞ！　さ、さば……ここが砂漠なのかい？

久しぶりのドキドキ、胸いっぱいの気持ち。

パク・マンネ：どうってことないね。いっしょに乗った
らよかったのに。すんごい面白い！

왜 안 내려가?

Commentary
コメンタリー

 マンネ

日本でキモノだかパゴノだかを着てみた。
そして高級な寿司も食べてみて、タクシーにも思いっ
きり乗ってみた……。

あのとき気づいたね。
オメ、YouTubeやって正解だった！
ユラはカメラに三脚に、オーストラリアに行ったとき
よりも装備が増えた。
持ってみたらほんっとにクソ重かったよ。
それでもユラが一生懸命に撮影したおかげで旅行の広
告の話もよく来てるみたいだから、もっと一生懸命や
れって言っといた。

ユラはあんなに重い撮影セットを持ち歩いてるのに
私は口だけしか動かしてないんだけど、
まあ私にできないことなんてないからさ。

しかし、それにしてもYouTuberって、ありえないく
らい幸せな仕事だね。

4

わたし、
国際結婚するから

#オメオメ、おかしくなりそうだね #会うたび私のことかわいいって言うんだよ #毎日がパーティの世界 #ちょっとユラ、あんたひとりで家帰ってよ #クルーズ旅行

マンネ

船に乗ってく旅行ってのは、済州島（チェジュド）行くときに一度やった。
あのときも船が大きかったから、みんな立ち上がって遊ぶ
もんだと思ったんだけど、船酔いするからおとなしく座っ
てろって。それでじっと座ってたら、余計に船酔いしたっ
ての！
だからユラが行こうって誘ってきたクルーズ旅行もそうい
うもんだろうと思ってたんだけど、いや、これがまあ……
私が知ってたような船じゃなかった。

いったいなんだって、船の横にアパートみたいのがくっつ
いてるんだ？
1週間、船に乗ってめぐる旅行だっていうから、いやあ、ずっ
と座りっぱなしなのかなと心配でいっぱいだったんだわ。
え、そうじゃないんだ！
1週間いても、その船の中を全部回りきれなかった。どん
だけ大きいんだか。
船といっても、飛行機みたいにパスポートと荷物の検査を
してから乗船した。船の中にホテルがあった。まったく、
誰が想像できたかね？

済州島に行ったときの船では、とにかく椅子に座って、居
眠りしながら目的地まで行ったってのに、世の中にまさか

こんな船があるなんて。私が泊まったのはちょっといい部屋だった。部屋の中にトイレもあって、テレビもあって、ドレッサーもあって。冷蔵庫もあったし、ベランダもあって、ドアを開けると目の前に海が広がっていた。

自分が船に乗って進んでるのか、船が止まってるのか、それもわからないくらいだ。

船がとにかく大きくて、動いてるって感じがしない！

友だちに言っても信じないだろうね。

一番上の屋上フロアに出てみるとプールもあって、みんなパーティをしていた。

地下に降りたらもっと大きいプールがあって、ジムもついていて、レストランにカジノにダンスパーティ……。思いっきり別世界だった。この船に乗っている人たちはこういう旅行に普段からよく行くのか、慣れてる感じに見えた。でも私はもう、すごく落ち着かなかった。だから初日はただぽかんと口を開けてるしかなかったんだけど、次の日からは猛烈に遊んだ。外国人たちと盛り上がってダンスしたり、歌も歌ったり！　YouTube したら、こんなことも全部できるんだねえ！

これからはYouTube をもっと一生懸命やらなくちゃ！

私はこのとき本当に強く決心したんだ。

クルーズの途中で日本にも立ち寄った。私が契モイムの旅

海の真ん中でぷかぷか浮かんで遊ぶのって本当に気持ちいい！

私が外国人たちと一緒にダンスして遊ぶなんてね。

行で行ったことのある福岡に。

でもあのときはほんとにろくでもなかった。怒りで頭から煙がもくもく出るね。

私たちが出したお金が少なかったからって、いまいちなとこばっか見せられたんだよ！

今回クルーズに乗って行ってみたら、こりゃ別世界。きれいで親切で建物もかっこよくて。イプチランだかチッチランだかいうラーメンも食べてみた（正しくは一蘭ラーメンです）。

初めて食べる日本のラーメンだった。

契モイムで行ったときは食べられなかった。パッサパサのご飯ばっかり食べてたんだって！

だからもう一度強く心に決めたんだ。YouTubeを一生やるってね！

 ユラ

「え？　クルーズ旅行ですか？」

海洋水産部※からオファーが入った。これこそまさに夢と幻想の旅ってやつじゃないですか。

私たちが行くことになったのは、イタリア・コスタ社のクルーズ客船に乗って1週間旅するというもの。コスタは世界三

大クルーズ会社のひとつに数えられるという。

客船の正式名称は「コスタ・ネオロマンティカ」。

釜山を出発して、福岡、舞鶴、金沢、ウラジオストク、束草と寄港して、また釜山へと戻ってくる。途中で経由地の港に到着すると、船を降りて自由に観光することもできた。申し込みをすれば観光ガイドとともに回ることもできるし、申し込みをしないで自由行動してもいい。私たちは、福岡、舞鶴、金沢では自由行動を楽しみ、ウラジオストクではガイドを申し込んだ。

クルーズ旅行というのはとにかく高額だというイメージがあったけれど、思ったよりもコスパがよかった。近場の東南アジアに行ってホテルに泊まり、日に3度外食するのと似たようなものだった。ただしクルーズでは、自らは移動せずして毎日素敵な景色を見ながら、いい部屋に泊まって、ご飯も全部出てくる。そして決定打として、毎日パーティが開かれている！

体は楽をしたままで、美しい眺望を楽しめるのだから、お歳を召した方々には、これ以上ない素晴らしい旅行だと言えると思う。

おばあちゃんも船に乗るなり興奮のピークに達した。おばあちゃんの「オメ、オメ」を100万回は聞いた気がする。

※海洋水産部　海洋、水産、海運、港湾などの行政を担う韓国の国家行政機関

浮かれた私たちは船の中を隅々まで見て回った。まるで小さな村ひとつ分かと思うくらいに、ないものがなかった。スパにマッサージ、レストラン、フィットネスセンターはもちろんのこと、お祈りをする場所まで備えていた。

「ここ、本当に船かい？　いったい船が何坪あるってんで、あれやらこれやら全部あるっての、こんなに？」

おばあちゃんはとにかく喜んだ。考えてみるに船乗り向きの人間だったんだろうなというくらい、大盛り上がりでクルーズじゅうを回った。私が目を離した隙にいつの間にか友だちを作っていた。それが全部男友だちだったってことは、notひみつ！

毎日最上階でパーティが開かれていて、おばあちゃんはかっこいい欧米系のおじいさんと踊るのに忙しく、膝が痛いのも気にならなかった。
おばあちゃんが言うには、彼らはみな独り身っぽい雰囲気の男たちだということだ。ところで、船で出会ったおじいさんたちからは香水の匂いがしたらしい。その衝撃は生涯忘れることができないって。
じつはおばあちゃんが男性の香りに目覚めたのは、オーストラリアに行ったときだ。あるおじいさんと写真を撮ったんだけど、そのとき香水の匂いがぱっと広がったっていう

のだ。

「あの人、歳取ってるのにあんないい香りがするんだね！」
その後しばらくはそれが思い浮かんで、あの香りの余韻に
長らく浸っていたという。

少なくともオーストラリアにいたあいだは、おばあちゃん
は外国人と接するのがちょっとぎこちなかった。けれど日
本にも行って、外国人の乗務員にも会って、そうこうする
うちにずいぶん変わった。

船員の1人を除き、船に韓国人は私たちだけだった。パー
ティ会場には万国旗がはためいていて、全世界の人々が集
まっているのだから、これこそまさに「ウィ・アー・ザ・ワー
ルド」。世界平和につながる場所じゃないだろうか。そん

香水の記憶をおばあちゃんに残した、あのときの男。

な環境だから、おばあちゃんも外国人とのコミュニケーションに自信がついてきたようだった。

その後は、って？　おばあちゃんは「核インッサ」※の道を歩んでいった。

マンネ

YouTuberやってると、旅行も高級にしてくれるんだね！YouTubeで行くのと契モイムの観光は完全に別物じゃん……。

船では厨房の見学もさせてくれたんだけど、あそこのお玉はうちの食堂の厨房で使ってるやつの10倍はある大きさだった。一度の人生、調理師として生きてみるなら、ここで料理するのもかっこいいだろうなと思った。
そこのコック長がコック帽もプレゼントしてくれた。サインを入れて。コック帽なんてかぶったこともないから、本当にうれしかった。私たちは衛生帽だけかぶってきてさ、あんなかっこいい帽子はかぶったことないんだよね。

ところで外国の人たちってのは、どうしてあんなに親切なんだい？

オーストラリアに行ったときは外国人の目を見るのが怖かったんだけど、クルーズでは外国人たちと毎日視線を交わし、笑って騒いでダンスして……ひとつも怖くなかった。

1週間を船で過ごすうちに私は完全に生まれ変わった。あそこから私の人生は変わりつつあるということが実感できるようになってきた。

夜にはユラが撮影を言い訳に、なんだかかっこいいスーツを着た職員の人たちを連れてきたよ。

船の屋上でダンスを踊れって。

ダンスっていうからジルバでもして盛り上がるのかと思ったら、私に体をくっつけてゆっくりと行ったり来たりするんだよ。

こりゃ外国の踊りかい？　クルーズの踊りかい？

私の好みのダンスじゃなかった。

でも、かっこいい外国の男の人と手をつなぐことになるなんてね？

YouTubeやってよかった。

※核インッサ　インッサ＝インサイダーの略。顔が広く常に人の輪の中心にいるタイプの人のことを指す新造語

昔、ショッピングバッグで作ったコック長の帽子……（貧乏くさい）。

（鍋が）うちの食堂の10倍だよ、10倍！

ユラ

おばあちゃんはまさに、旅人という星のもとに生まれたんだということをこのクルーズ旅行で感じた。

途中、急病人が出た。船内の医師が治療にあたったのだけど、それでは終わらなかったようだ。パーティ会場の音楽が突然止み、案内放送が流れた。緊急の患者がいるので、近くの国の船着場に船を停泊しなければならないと。ところが急に静かになったかと思うと、船が揺れ始めた（本来クルーズというのは微動だにせず航行するため、船酔いもなく、進んでいるということ自体わからないものだ）。映画『タイタニック』のごとく部屋が揺れ、グラスが落ちるほどだった。とっても怖かった。パーティ会場でシャンパンを開けていた人たちはみな客室に身を隠し、吐いている人もいた。私も吐き気がしてめまいでくらくらした。ところがおばあちゃんは泰然と「私はここにいるから、あんたひとりで降りな」なんて言うのだ。私はものすごく驚いた。

「おばあちゃん、船酔いしないの？」
「私は車乗っても酔わないし、飛行機乗っても酔わないんだよ。こんな船、なんでもないね。私は旅する人だったんだねえ。この波も楽しいね」

うちのおばあちゃん、本当にたいした人だ。おばあちゃんがこんなにポジティブな人だったなんて、これまで想像もしなかった。懐が深い人とだけ思っていたけど（さいわいなことに、このときの急患の治療はうまくいって、何事もなかったとのことだ）。

幼い頃、食堂でおばあちゃんがお客さんの胸ぐらを掴んで喧嘩するのを見たことがある。どこかの会社に食事を出したのだけど代金をもらえなかったのだ。おばあちゃんがたったひとりで体の大きなおじさんの胸ぐらをがっしと掴み争うのを見て、「うちのおばあちゃんは普通の人間じゃない、本当に気が強くて怖いなあ」と思った。

おばあちゃんだって、もとは内気な人だった。おばあちゃ

スタッフのおじいさんと月夜のダンスを。

んの言葉によれば、おじいちゃんと出会って人生が変わったそうだ。おじいちゃんがあまりにも「悪いやつ」なので家を出ていき、おばあちゃんはひとりで3人の子どもを育てなければならなかった。若い頃から、飴売り、餅売りと、やらなかった仕事はない。そうするうちに性格も変わってしまった。変わらなければ「この国で私ひとりで子ども3人を育てることなんてできない」って考えたんだって。

旅行を重ねるにつれ、おばあちゃんは、これまで置きっぱなしにしてきた自分自身を発見しつつあるみたいだ。世界への好奇心と希望とで胸をいっぱいにした、今の私よりも若かった、あの頃の自分を。

1週間毎日パーティをしている世界で、夢を見てきたみたいだった。おばあちゃんはもっとそう感じたはずだ。

「私は降りるつもりないからね。ユラ、あんたひとりで帰んな、家に」

ダメだって。行かなくちゃ。
私たちを待ってる場所はまだたくさんあるんだから。

5
71歳で
初めてすることたち

#旅行をするならヨーロッパ旅行 #パリジェンヌ・パク・マンネ #スイスキムチ煮込み大事件 #空を飛んだ #欲張るのはよそう #名誉の負傷 #おばあちゃんが私を安心させてくれる

マンネ

パリ、パリ、その名を聞いたことはあったけど……。
私はパリがフランスにある都市だってことを知らなかった。
ユラに、私たちはいつフランスに行くんだいと聞いたら、
ユラは、おばあちゃん、今ここがフランスだよって答えた。
ユラがパリに行くって言ったり、フランスに行くって言っ
たりするから、私はふたつの国に行くんだと思ってたよ。
いくら孫の前とはいっても、恥ずかしかったね。

エッパル堂だかナッフェル塔だかが見えるホテルを取った
という。
一目見ただけでもいいとこだってわかるホテル。それにし
ても私が今味わっているこの贅沢さにはまだ慣れない。
エッテルタワーだっけ？　最初は南山タワー※みたいなも
んじゃないかと思ったんだけど、見れば見るほど、どこま
でも素敵だよ。私は1時間に1回尋ねた。
「ねえユラ、あの高いの何だっけ？」
「エッフェル塔」

絶対に、絶対に忘れちゃダメだ。
もしかしてボケて何もかも忘れちゃったとしても、エッフェ

※南山タワー　Nソウルタワーの旧称。ソウル市中心部の南山に立つシンボル
マーク的存在

ル塔だけは忘れないようにしなきゃ。そう誓った。

 ユラ

旅行をするならやっぱりヨーロッパ、なわけだけど、つい
に待ち焦がれていたヨーロッパ旅行のチャンスがやって来
た。
あるホテル予約サイトがパリとスイスの旅行を協賛してく
れることになったのだ。そのときはまだおばあちゃんは食
堂をやっていたので、ちょっと物足りないけど10日間の
スケジュールにした。往復の飛行機はビジネスクラス、宿
は1泊60万ウォンもする高いホテルを予約した。こんな機
会でもなければ、とてもじゃないけどこんなセレブ旅行は
難しかったと思う。私もおばあちゃんも、いくら稼ごうと、
これまでの暮らしで染みついたお金の感覚が消えなくて。

「おばあちゃん、私たちが泊まるホテルって60万ウォン
なんだけど、大丈夫かな？」

おばあちゃんはそれをさっさと受け入れた、わけではなかっ
た。寝られたらそれでいいじゃないか、何のためにホテル
に60万ウォンも使うんだって考える人だから。
けれど、その協賛金はただ無条件にもらえるものではない

パリではエッフェル塔が見えるホテルに泊まった。おばあちゃんの記憶の中で
も一番だって。

と考えることで、受け入れられたようだ。おばあちゃんの
ために使うお金なんだから、おばあちゃんには気持ちよく
贅沢してもらわなきゃ。そして、面白い映像を作ろう。

おばあちゃんにはあまり具体的な説明をしないで、私は協
賛金を存分に使うことにした。鉄道は全部一等席にして、
地下鉄に乗ったり歩いたりしないで、とにかくタクシーを
使った。朝食も申し込んでおいて、おばあちゃんが素敵な
雰囲気の中で果物なんかを食べられるようにした。
おばあちゃんの歳でも、本当に楽にヨーロッパを見て回れ
るようにしたかったのだ。

 マンネ

飛行機に乗ったら、なんか部屋があるんだけど？
どういうことだい、これ？
ボタンを押してみたら、椅子がガッと後ろに倒れたよ！
オーストラリアにはエコノミークラスで行ったけど、
YouTuberになるとビジネスクラスで、こうやって寝っ転がっ
て行くんだねえ。またしてもYouTubeやってよかったって
100回、1000回と思ったよね。

寝っ転がったまんま空を飛んで行くなんてさ。

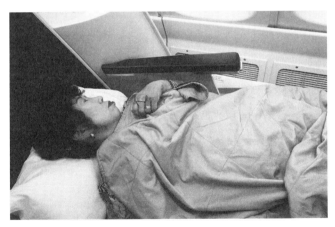

「飛行機に部屋があるって？」と言ったかと思うとオンドル（韓国式ボイラー）の煙突のように横たわったおばあちゃん。

こんなふうなら、どこへでも行けそうだ！

乗務員の人たちはずっとなんかを持ってきてくれるし、食べ物もすごく高級な感じで！

それが不思議で寝るのがもったいなくて、眠れなかったんだって。

ああ、本当にYouTubeやったのは正解だった。私はまたそう感じた。

 ユラ

私もビジネスクラスは初めてだから、空港ではかなり舞い上がっていた。でもおばあちゃんは、ビジネスクラスに乗ったことあるって。

「昔、乗ったよ」
「いつ乗ったの？」
「ほら、契モイムのとき日本行ったじゃん。炭坑みたいなとこに。あのとき」

予算がそれほどなくて炭坑みたいなところを見て帰ってきたって言うんだけど、どうやってビジネスクラスに乗れたんだろう？　まったくもって信じられないので、おばあちゃ

んにしつこく尋ねた。おばあちゃんによると、飛行機に乗ったら席が間違っているので、乗務員に前のほうに来るようにと言われたらしい。

オーバーブッキングになったらビジネスクラスにアップグレードしてくれるっていう、あれ？

あの難しいと噂のオーバーブッキング、うちのおばあちゃんが当選したってことだよね？

「おばあちゃん、オーバーブッキングってこと知らなかったの？」

「わたしゃ知らんよ。なんだか席が間違ってたとかって、私と友だちのオッキを前の席に連れてってくれてさ」

そうやっておばあちゃんたちふたりだけ前に行ったら、足を伸ばせる席だったというのだ。友人たちもわあっとうらやましがったって。

でもよくよく聞いてみると……それ、非常口席のことなんだけど？

非常口席に座ったおばあちゃんは、この席に向かい合う乗務員が1対1で面倒見てくれているんだと喜んだのだった。

それはビジネスクラスの席じゃないと私が言っても、おばあちゃんは、いや、あれはビジネスクラスの席だったと言い張った。

「おばあちゃん、待ってて。私が本物を見せてあげるから」

飛行機の2階にあるビジネスクラス席へ向かった。そのときのおばあちゃんの表情、映像に残しておくべきだったな。機内で撮影するときは航空会社との協議が必要だというので、撮れなかったのが悔やまれる。

おばあちゃんは衝撃で目を丸くし、言葉を失っていた。飛行機に2階があるということ、こんな空間が存在するということは私も知らなかったけれど、まさに「ビジネスクラス・ショック」を受けているおばあちゃんの姿に笑いがこみ上げてきた。

飛行機を降りるとき、操縦士と写真を撮った。私がYouTubeやってなかったら、こんな人たちにも会えなかったと思うと、また込み上げてくるものがあった。

マンネ

#初めて

フランスは、建物もまあ立派だったんだわ。初めて行った
ヨーロッパがフランスだったからか、建物がやけに記憶に
残ってるね。おばあちゃんはヨーロッパに建物を見に来た
の？ってユラは言ってたけど。

このバカ娘がまったく、私はこんな建物初めて見たんだっ
てば！　フランスを飛び回ってる鳥も珍しいし、果物も不
思議なんだよ！

パリはホームレスが多いそうだ。泥棒も多い。毛布と新聞
紙を敷いて寝てる人たちを見て、ほんとにびっくりしたよ。
私はヨーロッパっていう外国にはホームレスはいないと思っ
てた。西洋はみんないい暮らしをしてる国だと思ってたん
だ。でもここにも韓国みたいに金持ちもいればホームレス
もいて、いろんな人たちが暮らしてる国なんだな……。

#平べったい桃※

なんか桃が潰したみたいにべたっと平べったいんだよ？
どんな味かな？と思って一口食べたら、これが目ん玉飛び
出るほどうまかった。みずみずしい果汁がぶしゅっと流れ
出てくるんだよ。ほんとにほんとにおいしかった！
私はあの味が忘れられない。

※平べったい桃　蟠桃のこと

今でも旅行に出るたびに平べったい桃を探すんだけど、それが見つからないとすごく悲しい。桃が大好きなうちの娘のスヨンに持っていってやりたいんだけど、飛行機には持ち込めないんだって。1個だけ隠して持って帰らせてもらえませんかねえ？

ひとりで食べるのが申し訳なくなるおいしさなんだよね。

#バゲット

バゲットっていう、なんだか知らないけどほうきの持つとこみたいな形してるのがあるんだって。

すごく大きくて気持ち悪い格好で硬くて、上にソースのようなものがのっかってるわけでもなくて、そのパンは私の好みじゃなかった。

でもユラがシャワー浴びてるあいだ、どうにも気になってちょっと試してみた。

ところが歯が欠けちゃったんだよ！　あうう。

ユラが出てきて、おばあちゃん、食べないって言ってたのにいったいどうしたの、とゲラゲラ笑った。

欠けた歯をティッシュにくるっと包んで韓国へ持ち帰った。元気な歯じゃなくて、何て言ったかな、そうだ神経治療をしてかぶせものをしておいた歯だった。帰国後、欠けた歯をそのまま包んだティッシュを持って歯医者に行った。これ、もう1回くっつけてくれって頼んだ。歯医者の先生が、いったい最近は何して出歩いてるんですか？と聞いてきた。

問題のバゲット。写真を撮るだけで満足しとけばよかったものを。うかつに手を出しちゃった。

ユラがホットドッグを買った。ソーセージがとにかく大きくて、馬のアレみたいってユラはそればっかり言った。インスタにアップしたら、ぴょん（＊マンネ用語でファンのこと）たちは笑えると大騒ぎになった。でもたしかにそうだった。うえっ、気持ち悪い。

だから答えたよ。

「パン、食べて出歩いてるんです」

#友だち

ユラがおじいさんをひとり、連れてきた。

私に友だちを紹介してくれるって言うからさ。その人の顔も見ないで、歳も聞かずにただ好奇心でOK！しちゃったんだよ。

いや、でも、もちろん私も歳はいってるけど……そのおじいさんは歯も全部抜けてるような本気のおじいさんだったんだわ。近くで見るたびに、亡くなった父さんのことが思い浮かんだ。

うちの父さんも歯がなかったんだけど……。

とにかく、その友だちは洋装店をやっていて、どっか繕ったりコーヒー飲んだりと忙しく過ごしてる人みたいだった。すごく親切で、私のほっぺたにずーっとキスしてくるんだよ。この国の挨拶なのかな？　ひげのせいでガサガサっとひっかかる感じで、それがまた恥ずかしくって、おしっこちびりそうだった。

今でも気になってるんだけど、おじいさんはお金もたくさん持ってるのに、なんで歯を直さなかったのかねえ？

この国の人たちも、お金を稼いでは子どもの世話するので忙しくて、自分の体がダメになってることなんか気にもし

てられないのかな？

アイゴー、友よ！

子どものことは置いといて、まずは今すぐ歯を直しなさい！

#ファッショニスタ

この旅行から、私が大事にしていたドレスを1枚ずつ持っていくようになった。昔買って着られなかった服たち……着ることのなかった服たち……。

私の願いはドレスを引きずってコーヒーを1杯ごくっと飲みながら優雅に暮らすことだったんだけど、働いて働くだけ働いて、その夢がどっかに消えてしまってずいぶん経つ。いま旅を重ねるごとに1着、また1着と服を引っ張り出してきては着ている。まだ着たことのない服がいっぱいある。服たちや、ねえ服たち、これからは私が洋服ダンスから出してあげるからね？

 ユラ

パリに行く前、私は猛烈な心理的重圧を感じていた。旅ものコンテンツを作るごとに毎回やってくる感情だ。

うまくやれば、次回もまたおばあちゃんに旅行の提案が来るから。しかも今回のは気軽には行けないヨーロッパ旅行

だから、そのプレッシャーはより深刻だった。

パリ旅行のコンテンツについて、私が構想していたのはこんな感じだった。
パリにいるおじいさんがおばあちゃんにメールを送る。
「わたし、あなたをニュースで見ました。いつかパリに来ることがあったらぜひ一度お会いしたいですね！」
おばあちゃんがその葉書を1枚手にして、おじいさんに会いに行く。

Facebookを通じてパリでフォトグラファーとして活動している人に連絡をして、手伝ってもらった。そのおかげで、現地で洋装店を経営している、映画にでも出てきそうなとてもかっこいい老紳士をひとりキャスティングできた。そこから私の頭の中では、ものすごくロマンティックで胸が熱くなるようなパリ旅行記がぐるぐる回っていた。

前もっておばあちゃんに詳しい絵コンテみたいなもので説明したりはしなかった。旅行を楽しむのに邪魔になると思って。だからほぼ場当たり的に、現場で絵コンテを描きながら一生懸命撮った。
ふだん私は、まず頭の中で仮編集をしながら撮っているんだけど、このときは違っていて、まったく画が思い浮かばなかった。

素敵なパリの背景と、スタイリッシュなふたりの老人。
白髪のフランスのおじいさんに、たくましい韓国のおばあさん。
絵面だけなら完璧なのに、何が問題なんだろう？

韓国に戻るとすぐに映像を時間別、場所別に整理し、仮編集をしてみた（いつもは撮ってすぐには整理をしない）。
つまらない理由がわかった。
あまりにも完璧に設定を作ってしまうと、うちのおばあちゃんという人の姿が見えてこないんだ！
私たちの動画の魅力は、率直で、さばさばしていて、突拍子がなく、どこに転がるかわからない、ただの人間パク・マンネがそこにいることなのに、私のシナリオではその姿が消されていたのだ。台本通り撮って、台本通り編集しなければいけないという時点で、すでに私にはつまらなくもあった。おまけにうちのおばあちゃんに演技させるわけにもいかないし……。
映画のようにしゃれたシーンなんて出てくるはずもなかった。

プレッシャーから、あまりにも無理をしてしまった。
私はパク・チャヌク監督※ でもあるまいし、ただおばあちゃ

※パク・チャヌク監督　韓国の人気映画監督。社会現象にもなった『JSA』（00）やカンヌ国際映画祭で韓国初の審査員特別グランプリを受賞した『オールド・ボーイ』（03）を含む「復讐三部作」などで知られる

んにくっついて回っている仲の良いカメラマンというだけなのに、自分ひとりで欲張ってやたらと事を大きくしたのかもしれない。パリまで来たんだから、私たちの登録者、ファンの方たちにもすごい映像を見せたかったんだけど。それも全部私の欲張りだったってことだ。

YouTuber 2年目にして、はっきりとわかった。
登録者、おばあちゃんのファンたちが本当に望んでいる姿というのは、見栄えがして華麗なものではなくて、いつも通り、新しい世界と出会って楽しく遊ぶパク・マンネおばあちゃんの姿。とにかくそれに尽きるということだ。

　→パリで撮影した映像は、せっかく撮っておいたのがもったいなくて、退屈したときなんかに少しずつ見返してたんですよ。ああ、でも、何度流しても3秒以上は見てられないんです。あの当時の、一生懸命やってやろうという私の欲とも言えない欲がモニターを突き抜けてくるみたいで……。
　顔から火が出てきて、ただshift＋delete、削除したという悲しいお話です。

マンネ

#汽車

私が外国の汽車に乗るなんて。そしてそれがまたどんだけ
楽しかったかって。

一等席っていうのはりんごもくれるのかい？

それに乗って私はスイスを越えた。

若い子たちみたいに私もバックパッカー旅行とかいうのを
してる気になって、突然、力がもりもり湧いてきた。私も
十分若いよね。

アメリカのファッション誌『VOGUE』にパリでのおばあちゃんの写真が掲載
されて、おばあちゃんのファッションが激賞されたりした。カバンは龍仁の
emart（＊韓国のスーパー）バッグ。

＃スイス

スイスっていう国を知らなかった。汽車に乗って国境を越えられることも知らなかった。フランスから汽車に乗ってそのまま越えて行けるような近さだっていうから、風景も似てるだろうな、なんて思ってた。

ところが窓の外の絵が少しずつ変わり始め、完全に違う世界へと変わった。幻想的な緑の山々と真っ青な空が窓いっぱいに広がっていた。いやー……私がYouTubeやってなかったらこんな山をこうやって見られたかな？

やたらとYouTubeって言ってごめん。でもこうやって夢みたいなことが起きるたんび、私はまずそう考える。宗教を信じる人たちがありがたいことが起こると自分の神様にお参りしてお祈りをするように、私もYouTubeの神様に感謝の言葉を申し上げてるってわけなのだ。

自分が死んで初めて見られると思っていた天国、そんな天国が実際にあるとしたら、どんなところだろうか？

私は生きたまんま天国に行ってきた。それがスイスだ。

死んだら天国に行くか地獄に行くかはわからないけど……

もういいや、ここが天国だ！

スイスで降りるなり、写真を100枚、1000枚と撮った。

一歩進んでは10枚、もう一歩進んではまた10枚……！

そんなふうに思いっきり満喫してたのに、ユラのサンダル

 korea_grandma

korea_grandma「恥ずかしくてユラとは一緒に歩けない。スイスまで来てかかとの高い厚底履いて、似合わないことしてまったくアホなやつだよ、と思ってたら、ユラの靴底が道端にパカっと落ちたんだよ。私はドラマでだけ見るもんだと思ってた。実際こんな笑えることが起きるなんてさ。歩いて出かけたら靴底がパカっと落っこちるなんてことが。呆れちまって笑ってたら、おばあちゃんが笑うなんてひどいとユラが癇癪起こしてたよ。笑えるわ、ほんと。ケケケ」

163

の底がパカっと取れちゃった。あいつときたら、おしゃれしようときれいなサンダルで来たみたいだけど、パリからずっとそれを履いて移動してたから、靴のほうももう無理！ってことでグラグラし始めて、パカっと取れちゃったんだよね。
片方だけかかとのなくなったユラは、片足を引きずっていたかと思うと座り込んでしまった。

「このバカ娘は背が低いからって、厚底で背をごまかそうとしたね」

すごく笑えるから、いいザマだよって道端で文句言いながら笑ってやった。

 ユラ

＃キムチ煮込み
パリからスイスのインターラーケンへと移った日。
知らずに食べたバゲットで歯がひとつ欠けたパク・マンネ氏は、そんな自分の姿を予見していたかのように、フランスの韓国スーパーで買ってきたカンネンイ※を車内で楽しげにかみ砕いていた。
けれど、ふいにおばあちゃんが言った。

「私、カンネンイが欠けたのに、これ食べてるね？」

ああ、苦痛も笑いへと昇華させるすばらしいギャグセンスの持ち主。

スイス・インターラーケンに到着した。スイスに来てからは、私もカメラを置いて、おばあちゃんと一緒に楽しもうと考えた。ヨーロッパは何もかもスケールが大きくて景観も美しいけど、それらをすべて収めるのは私のカメラではいろいろ無理だった。パリで感じたことがあったからなのか、スイスでは少し肩の力を抜いた。

雨がしとしとと降っていた日、スイスの食べ物は脂っぽくて食べられないと文句を言ったおばあちゃんは、キムチ煮込みを作り始めた。私はその様子を撮影しようと、持ってきたGoPro（アクションカメラ）を台所に設置し、三脚にメインのカメラを付けた。

「キムチ煮込みを作るなら、豚バラを準備しなくてはいけません」

おばあちゃんはなぜ料理をするときだけソウル言葉※ が出てくるのか、それはわからない。

※カンネンイ　とうもろこしでできたポン菓子。「歯」という意味もある
※ソウル言葉　標準語のこと

全羅道霊光出身のおばあちゃんは、ソウルに上京しても
うかなり経つけれど、いまだに方言が直らない。周りの友
だちはみんな直したのに、おばあちゃんだけひとり頑なに
方言を使い続けているのは、「龍仁の○大不思議」のひと
つと言われているとかいないとか。

古漬けのキムチは韓国スーパーで買ってきて、豚肉はスイ
スのスーパーで準備した。毎年キムチを1000株漬けて、
40年間毎日野菜の面倒を見てきたおばあちゃんは、キム
チのパックさえ開ければOKというのがとにかく楽だと喜
んだ。お金さえあれば何でも買えるこの世の中で、お金で
買った「小確幸」※であるところのキムチ煮込みは悪くは
なかったけど、ものすごくおいしかったというわけでもな
く、ただそれなりだった。

やっぱりお金で買えない何かが、この世にはある。

おばあちゃんは、韓国の週末ドラマを早くダウンロードし
て見せてよとイラついていた。

雨が降る日は部屋に引きこもって、おいしいものを食べな
がらドラマとか見るのって、最高だよね。でも私は、おば
あちゃんを撮っているカメラのほうに気を取られていた。

「まったくバカくさいし、なんかするとだいたいアホみた
いだし、クソったれみたいなことしといてほんとに頭おか
しいよ」

おばあちゃんの悪態4段コンボをまともに受けて、意識が混迷した私。

急いでドラマを見せた。おばあちゃんはドラマに超集中しつつも批評を止めない。

「ドラマでは、ちょっと気分が落ち込むとビビンバを食べるよね？」※

「ごはんがのどを通るのかい？」

「あんなに泣いてるのに、どうして涙が出ないのさ？　目

※小確幸　ささいではあるけれどたしかな幸せ
※気分が落ち込むとビビンバを食べるよね？　韓国ドラマでは自宅のおかずを全部入れたビビンバをやけ食いするシーンが頻出

キムチ煮込みを作るなら、
豚バラを準備しなくてはいけません。

ひどく雨が降ってずっとホテルにいた日に、おばあちゃんとキムチ煮込みを食べてドラマを見た動画がアクセス数100万回を超えるとは。

がからっからに渇いてんだね」

ドラマの中の男性主人公が女性主人公に言う。
「会いたかった」
女性主人公より早くおばあちゃんが返す。
「どうせ夜になったら会うのに、なにが会いたいだよ。バカ言ってんじゃないよ」
……甘いシーンが出てきても、世界でいちばん冷静なテレビ評論家だ。
そんなふうにして、スイスに来た初日は雨が降っていて、私たちはホテルでドラマだけ見ていた。

翌朝、私たちはもう一度グリンデルワルトに行かなければならなかった。
おばあちゃんとプラットホームで列車を待っていたんだけど……なんだろ、おばあちゃんのこの社交的な笑みは？
「ちょっと、外国の人たちは目が合っただけでも笑うよ。私も自然に笑っちゃうねえ？」

西洋人たちは目が合っただけでも挨拶するし、微笑む。初めてオーストラリアに行ったとき、それはおばあちゃんにとって衝撃だった。本人が老人だとしても温かくやさしく接してくれるのがうれしかったみたいだ。
最初は目が合えば逸らしていたおばあちゃんだった。でも

自分も慣れてきたから、外国人を見ると自然に笑みがこぼれるんだとかって言い始めたんだけど？
いや、おばあちゃん……たいして自然な感じでもなかった。

汽車に乗って、美しい窓の外の風景をいつまでも見ていたおばあちゃん。
ホテルに到着すると、テラスからは山々と街が一望できた。
どこを撮っても絵葉書になってしまうようなスイスの風景……よりもおばあちゃんを撮るのに忙しかった私。

「こんなきれいなの見ないまんま死ぬ人はどんだけ悔しいだろうねえ。こんなのがあったなんてことも知らないままだから別にいいのかな？　えい、わからん。私だけでも

おばあちゃん……？？
「やあ、外国の人たちは目が合っただけでも笑うよ」

とくと見とくよ」

そうだよ、死んだ人の心配までする時間はないんだって！
ゴンドラに乗って、グリンデルワルトから展望台のあるフィ
ルストに上がった。赤い雨ガッパを着たおばあちゃんは、
寒いと言いながらもハイジみたいに山を駆け回った。

そのときまではよかったんだけど、事故発生。

フィルストまで登ってマウンテンカートに乗ったのが災い
のもとだった。

私はときどきおばあちゃんの歳を忘れる。おばあちゃんは
新しいことに挑戦するのを楽しむ人だから、カートも乗れ
るものと考えた。おばあちゃんは乗ろうかどうしようかずっ
と迷っていたけど、オーストラリアでヘルメットダイビン
グを面白がったように、いざやってみたら喜ぶんじゃない
か、そう私は思ったのだ……。
おばあちゃんはカートに乗って数秒で、前につんのめった。
カートがひっくり返って、おばあちゃんは膝をすりむき、
手の甲からは血がだらだらと……。ファンの方が心配する
かと思って、YouTubeの動画では詳しい説明はしなかった
けど、顔もすりむいて、奥歯までちょっと折れてしまった。

私はなんてことしたんだろう。
涙がどんどん出てきたけど、当のおばあちゃんは救急セン
ターで治療を受けているあいだ、淡々としたものだった。
涙をぬぐいながら反省している私を見て、おばあちゃんは
むしろ私をなぐさめた。

「やあ、ケガしたことだって思い出だよ。こういうのを名
誉の負傷って言うんだろ。私がやろうとしてこうなったん
だから大丈夫だよ。すぐに治るさ」

おばあちゃんは絶対後悔しないと言った。自分で乗ってみ
たからこそ、契モイムの友だちにも、このカートがいかに
ろくでもないか、なぜ乗ってはいけないのか、説明してあ
げられるってもんだ。
乗ってみたら満足した、って。

「もし乗らなかったら、あのカートが怖いもんだともわか
んなくて、下のほうからただうらやましがっていただけじゃ
なかったかい？　あんなろくでなし野郎みたいなやつだと
も知らずにさ！」
そして、服をばさっとはたくと、われ先に道を行った。

パク・マンネ、すごい！
私はパク・マンネの孫であると同時に彼女のファンだ。

彼女が愛される理由は、70代にして YouTube を始めたからではなく、小柄ながらもこうして力強く堂々としていて、自分だけの「マイウェイ」を行くという魅力があるからじゃないだろうか。

傍目には気づかないくらいではあったけど、あまりに申し訳ないので、おばあちゃんの奥歯は帰国後すぐに新しくしてあげた。
そのとき強く思ったのは、少しでもおばあちゃんが悩んだり面倒だと思うことがあるなら、背中を押そうとしないということ！
おばあちゃんの勘はだいたいにおいて正しい。

 マンネ

ケーブルカーに乗って登っていく途中で降りた。ユラが私を連れていったのは山の中腹にあるカーセンターみたいなとこだった。
霧が立ち込めていて前がまったく見えなかったけど、なんだかよくない気が漂っているのは明白だった。中古の自転車みたいなやつらがずらっと並んでて、その横には工事現場の帽子をかぶった外国人の男がいて、白い紙のここにサインしろと渡してきた。

本当に、なんかすっきりしない感じがしたんだよね。

ユラはいつの間にかその男の横に行ってサインしていた。

「ちょっとユラ、これ何だい？」

「これ？　ケガしても責任は問いませんっていう念書みたいなやつ」

どういうわけか不吉な予感は外れない。

ヘルメットを着けて「カート」と呼ばれる自転車に乗っかった。私は自転車も乗れないし、車輪が付いてる乗り物なんてリヤカー以外運転したことないんだからさ！

ユラのバカがやたらと面白い面白いって言うもんだから、目をつぶって乗っかった。霧がびっしりで前は見えないし、私の足は重くて動かなかった。

このときまではよかったんだけど……傷を残したマウンテンカート。

だけど後ろの人が待ってるし、ひとまず足は離さなきゃいけないし……。
よっしゃ！　勇気出して乗ってやろう！

……オメ！！！！！！！
カートの前輪が石っころに引っかかって倒れて、私もその瞬間死ぬかと思ったけど、本能的にハンドルを右に切ってカートと一緒に転がった。左に切っていたら、傾斜のきつい山側に転がり落ちて、下手すると死んでいたかもしれない……。オーストラリアに続いて、また助かった！　助かる運命みたいだ。

ようやく落ち着いてみると、膝からは血が出ているし、少し前に新しくかぶせた奥歯がちょっぴり折れていた。
ユラはどんだけ驚いたのか、あいつひとりで泣いてパニックになっていた。
おばあちゃんごめんごめんと泣きながら、目の周りの化粧も全部ぐじゃっとにじんじゃって。
救急手当してくれるところへ行って、ばんそうこうを貼っつけてもらって、ケーブルカーに乗って降りてきた。
やたらめったら痛かったね。韓国に着いたらすぐに歯をもう一度修理してあげるからって、ユラが私をなだめてくれたよ。

私たちは列車に乗ってインターラーケン駅へと戻った。

帰ってくるあいだずっとユラが泣きっ面だから、こっちが逆にすまない気持ちになってくるじゃないか？　ちょっと、大丈夫だって、これは挑戦してできた傷なんだから、すぐ良くなるだろう、ってむしろ私があの娘をなぐさめてやったんだからね？

ところがユラがちらちらと私の様子をうかがいながら、口にした言葉は──

「おばあちゃん……ちょっとあとで私たち、パラグライダーの予約があるんだけど……」

ああ、このバカ娘、今度はなんだ、空を飛ぼうってか？

「おばあちゃん……行かないよね？　予約取り消そうか？」

あれ、でも私も肝っ玉がすわってきたのかな。

これも絶対やってみたかったことだしな。この先いつまた空を飛ぶチャンスが訪れるかっての？

カートだかカクドゥだかなんだかいうクソったれのせいで、私が空飛ぶ機会を逃すなんて話にならんでしょ！

「いんや！　私は空を飛んでみるんだ！」

ユラ

パラグライダーのことを話に出すと、真っ先におばあちゃんは聞いた。

「それ、歳取っても乗せてくれんの？」

ああ、怖いかどうかじゃなくて、年齢のことをまず口に出すおばあちゃんを見て、私はなんともほろ苦い気持ちになって笑ってしまった。あのにっくき年齢のせいで、おばあちゃんは自己検閲するようになっちゃったみたいだ。

「心配しないで。歳取ってても乗せてくれるって」

私にもそんな日がやって来るんだろう。
自分の年齢が恨めしくなるときが。

 マンネ

ソウルにいるときからユラがずっと見せてくれてたのが、パラグライダー動画だった。
おばあちゃんでもこれに乗れるのかいって、10回、100回と何度も聞いたよ。

私でも乗れるって確信は持てたけど、空を飛んでるときに
あのひもが切れたらどうしたらいいのさ？　あれ、私って
ばまた口を滑らせたかね？
スイスに着くまで、内心ずっとそれを心配してたんだよね。

韓国では乗るって言っといて、ここまで来て乗らないなん
て言うのはちょっと恥ずかしいから、とりあえず乗り場ま
で登っていった。外国人の先生が、私はただ歩けばいいん
だって言うから、言われるがままにそっと歩いてみた。

本当に、とん、とん、ととんっ、
歩いていただけなのに、空へふわっと……体が浮かんだ！

おばあちゃんも幼い少女の頃、鳥を見て空を飛ぶって想像したことあるんじゃ
ない？　71歳になったその少女が本当に空を飛んだ！

うわー！　突然、体がしびれるようだった。

後ろでは外国人の操縦士が何だかぺちゃくちゃ話していた
けど、私には何言ってるかわからないから、ただ「最高！
最高！」とだけ叫んでいた。その操縦士が本当に親切で
ねえ。私が聞き取れなくてもずっと話しかけてくれて、感
動させるんだよ。

その何が感動的だったかって？　歳を取ると、声をかけて
もらうってことが感動なんだよ。
何の話だかわかんなくても、ことあるごとに私を気遣って
くれてるみたいでうれしかったんだよね！
体中に電流が走って、宇宙へのぼる気分だった。

どうやって降りるんだろ？　このまんま川に落ちたらどう
しよう？
焦ったのも一瞬で、眼下に広がる風景を見ていたら、もう
少しだけこうしていたいという気持ちしか起きなかった。
あのきれいな風景を目に焼きつけないと。
瞬きするのももったいないって言葉、こういうときに使う
んじゃん！

怖いと思うたびに「まあ、死ぬなら死ぬまでだ」と考える
と気が楽になった。

えーい、どうしてこんなふうに考えるようになったかって？
私はもう70年生きたからね。この先つまんない人生を長生きするのより、面白おかしく暮らして死ぬほうが悔いが残らない、そう思える歳ってこと（もちろんYouTubeと出会ってからはこのすばらしい世界にずっとずっと暮らしていきたいと思っている）。

はじめはちょっとおじけづいたけど、パラグライダーが成功して大満足。

ユラ

「すっごく楽しい。すごく幸せです」

ついに飛び上がったおばあちゃん。パイロットの前にぷらんとぶら下がったおばあちゃんは、穏やかな表情だった。空を飛び、世界を見下ろすおばあちゃんは、地上でがめつくしぶとく生きてきた人間ではなく、慈しみ深い女神のように見えた。

もちろん私も最高に気分がよかった！

こうしてヨーロッパ旅行は終わりを告げた。スイスでは雨がたくさん降って、ほとんどホテルの中にいたという記憶しかない。でも、平凡な日常だってスイスで経験してみると特別だった。

スイスでのエピソードは「71歳マンネ、初のパラグライダー！」と「スイスでキムチ煮込みを作って食べて韓国ドラマを見る」という2本の動画にしてアップした。私は当然、パラグライダー編の再生回数のほうが多いだろうと期待していた。が、結果はまるで違ったものだった。キムチ煮込み編がパラグライダー編の3倍以上の再生回数だったのだ（衝撃）。

Yura Story
ユラ・ストーリー

29歳、ナ・フナ沼に落ちる

ユラ

いつだったか、YouTubeでナ・フナ※に熱狂しているお
年寄りの姿を見て「歳取ると、ナ・フナみたいなタイプ
がよくなってくるんだなあ。私にはまだちょっと重いか
な」なんてずいぶんと上から目線で考えていた。ええと、
だから、私が言いたいのは、私は29歳で……ナ・フナに
はまっちゃったってことだ。

2018年2月22日、午前10時。
ナ・フナのコンサートチケットの前売り開始の日。ナ・フ
ナ好きのおばあちゃんのために、普段は朝寝坊の私も9
時にはアラームをかけて待機していた。このチケット争
奪戦はすでにナ・フナファンのあいだのものではなかった。
全国の孝行娘、孝行息子たちによる競争だった。
YouTube内ではそれなりに国民的孝行娘としてのキャリ
アを積んでいる私ではあるが、今回は決済画面にお目に
かかることもできないまま「光脱」※した。そのときから、
「ナ・フナに会わせてくれるってぬかしてたくせに、ほん
とにアホなんだから」というおばあちゃんの声が、まる
で幻聴のように私の耳の中にサラウンドで打ち込まれ始
めた。
そして5カ月間待ち続けた末に、1階ロイヤルシート2席
が取れた!

ついに、噂でだけ聞いていた王の帰還をこの目で見る日。他の多くのコンサートがそうであるように、会場の外では冷たい飲み物とキラキラ輝くペンライトが売られていた。

「私、この格好、ちょっとやりすぎかな？」
「そんなことない！　何言ってんの、姉さん！　すごくかわいい、きれいだって！」
「アイゴー、姉さんたち！　これくらい目立ってはじめてフナお兄さんが気づいてくれるんでしょ！」
あちこちでそんな会話が交わされていた。商品を眺めていたおばあちゃんに、売り子がひとつ買ってかないかと声をかけた。おばあちゃんはペンライトを3つ選んだ。その日客席からマンネが発していた光は、ナ・フナくらい華麗だった。

「お客様、これよりご入場を開始いたします」
アナウンスが流れて、人がひとりふたりと集まってきた。コンサート会場の外では女性たちのときめきを隠せぬ笑い声！　キャーキャー。ハハハハ。ワアアアアア。どよめきでいっぱいになった。あんな幸せになれるんなら

※ナ・フナ（羅勲児）　ワイルドな風貌で人気の韓国のカリスマシンガー＆ソングライター。2018年、11年ぶりにコンサートを開催した
※光脱　光の速さで脱落するという意の新造語

私もナ・フナファンになってみたいという気がしてきた。
ついに会場内に入った。開演前、禁止事項についての案
内がぽつりぽつりと流れ、その声とともに電光掲示板を
使った演出が始まった。若干「オールド」な感じのする
演出にちょっと笑っちゃったし、文字が浮き上がるスピー
ドがとにかく遅くて内心イライラしたりもした。でもこ
のコンサートの観客の年齢層を考えると、細やかな配慮
が感じられる演出だったのだ。

続いてナ・フナがスモークの雲の中からギターを携えて
登場した。おばあちゃんによれば、山の神が降りて来た
かと思ったそうだ。それもそのはず、舞台演出は彼が神
に見えるように作り上げられていた。「われわれのナ・フ
ナをやすやすと見せるわけにはいかぬ！　我慢して待て！
本日、ナ・フナの顔を目にするあなたたちは幸運である！」
と舞台上のすべてが叫んでいた。
電光掲示板に映し出されるカメラ映像では絶対に彼の顔
を捉えない。バックダンサーたちやバンドの人たちのこ
とは大きく大きくクローズアップにするのに、なんでナ・
フナを映さないんだろう？　コンサートのあいだじゅう、
ずっとこんな感じ？　お金がもったいなかったかもと思
い始めた。こんなことならテレビで見るほうがよっぽど
顔がよく見えるはずだもん！

しかし、顔が見えないので自然と歌に集中するようにな
る。聴いてみると、歌詞が本当にいい（字幕で大きく映
される）。想像していたようなありきたりのトロット※
じゃなかった！ 歌唱力は、あれが本当に70代の発声
だろうかと思うほどにパワフルで見事だった。

これはまさに歌手ナ・フナの魅力にはまっていく段階と
言える。大きく映し出される親切な字幕のおかげで、す
べての曲の作詞・作曲がナ・フナ自身であることを知った
とき、あなたの頭の中でもはやナ・フナは単なるトロッ
ト歌手ではない。アーティストとしての位置を占めるよ
うになる。

突然、電光掲示板の画面いっぱいに、紅柿※（ホンシ）の実がびっ
しりと鈴なりになって映し出された。この演出はまたいっ
たい何なわけ？ すると曲名が「紅柿」だった。完璧に
観客席と足並みを揃えるタイプの演出だ！ ナ・フナは
ありがちな挨拶コメントひとつもなしに7曲を続けて歌っ
たあと、ようやく観客席に背を向けた。誰もが息を凝ら
していると、ついに彼の後頭部が画面にクローズアップ
された。

このときから客席ではすでに手拍子が始まっていた。続
いてナ・フナが振り返り、彼のご尊顔が見えた。電光掲

※トロット　韓国の大衆歌謡。近年はアップテンポの曲が人気
※紅柿　熟してとろけるくらい柔らかくなった、甘みの強い柿

示板はナ・フナの顔でぎっしりと埋め尽くされた。そして浮かび上がった字幕は、「みなさまのナ・フナです」。

ナ・フナは突如、私のナ・フナになった。どうやったって老人なんて呼べない、日々の運動によって作り上げられた若々しい顔立ち、いきいきした表情、がっしりたくましいイケメンぶり！！

あんなに駆け回っていたのにどうして息切れしないの?!すべてが驚きで、ぽかんと口を開けっぱなしだった。彼は白い歯をカパっと見せてヒヒヒーンと馬のように笑った。このときから私は、おばあちゃんがコンサートをどうやって見ていたのか知らない。なぜなら私はフナお兄さんだけを見つめていたから……。私はナ・フナの歌も知らないし、彼の過去の栄光も知らないけれど、この瞬間からは、そんなのどうでもいい。私たちは洗脳されたのだ。
私はナ・フナの顔が見たい！　彼を電光掲示板に映して！わあ！　私も見られた！　そう、私は幸運だ！！

派手な照明とパンパン音を上げる爆竹。エネルギーあふれるナ・フナは両側の階段を駆け上っては降りていく。いや、どうしてあんなに走れるんだろう？　驚きの連続だった。歌手のイ・スンチョルがよくやる「外へ出て

いってしまって～～～～」※ 的なロングトーン唱法はナ・フナもやる。ナ・フナ先生の息が持たないんじゃないかと、見ている私がひやひやしたけど、彼は表情ひとつ変えずにロングトーンをかっこよくこなし、これ見よがしにずいぶん長く引っ張っていた。口パクじゃないかと疑うほどの完璧なテクニックと歌唱力、息の乱れも感じさせないような体力。1時間が過ぎてようやく彼は水を一口飲んだ。

もうひとつあらがえないナ・フナの魅力、それはすなわち彼のコメントと身振りにある。彼にはほんの少し 慶（キョン）尚道（サンド）なまりがあり、それを使って観客たちの心を掴んだり離したり、うまいこと操る。見事に雰囲気を作っていくのだ。

「久しぶりに会うけど、みんなどうしてこんな老けちゃったのさ。全部私のせいですね。私のいない11年間がこうして過ぎました。私が今から青春をお届けするので、ちゃんとお受け取りくださいね」

コメントを終え、「青春を返してくれ」の伴奏がジャジャーンと気持ちよく始まると、ナ・フナは上着を脱いで投げ捨てた。白いノースリーブのランニングにズタズタに破けたジーンズ。そして背景の時計はすべて、ナ・フナの

※外へ出ていってしまって～～～～　イ・スンチョルの「最後のコンサート」の曲中、引っ張れるだけ長く音を伸ばす部分の歌詞

呪文に惑わされたかのように、逆回転で回っていた。

私はいまだに、このときのナ・フナのコンサートの話を
友だちにする。ナ・フナには、コンサートを見た人がそ
こらじゅうに自慢したくなるような、そんな力がある。
ナ・フナ、あなたはじつによく知っている。
あなたのファンたちのことを、そしてあなたの価値を。

ナ・フナは言った。──生まれ変わったら次は絶対に歌
手にはならない、と。そしたら誰を歌手と呼べばいいん
だろう。私はナ・フナに青春を取り戻してほしい。彼の
コンサートをこれからもずっとずっと見ていたくなった。

おばあちゃんのおかげで、ナ・フナ「沼落ち」成功！

6

この世にオーストラリア
みたいなところが
存在するなんて？

#移民しようかな　#オーストラリア・ゴールドコースト　#ヘ
リコプター・ツアー　#ムービーワールド　#おばあちゃんの
膝が持ちこたえるまでは　#世界中を旅行しよう

ユラ

YouTubeを始めて1年。

セルフ祝賀のための特別なプレゼントが必要だった。

おばあちゃんの人生を変えたあの場所。

もう一度、オーストラリアに行くんだ！

今回はゴールドコーストへ！

 マンネ

ゴールドコスモスだったか何だったか。

名前は知らなくても私はオーストラリアと相性が良い。何

が合っているかというと……

知らない！　とにかく、よく合ってるんだ！

#ムービーワールド_ドリームワールド

私の70年の人生で行ったことのある遊園地は、エバーラ

ンドと民俗村がすべてだ。それだって、龍仁に住んでたか

らちょっくら行ってみたってとこだ。

若かった頃は仕事が忙しくて行けなくて、歳取ってから1

回行ってみたんだけど、私が乗ってみたいのを乗せてくれっ

て頼んだら、年寄りだからって列に並ばせてもくれなかっ

たんだ。

歳を取ると、遊ぶチャンスもない。

そのときにぱっと思い浮かんだのは「オメ、私ってばもう人生ほとんど終わりかけなんだね」だった。

オーストラリアの遊園地も韓国と何が違うっての？　何の期待もしないで入ったんだ。

ところが、歳だろうと何だろうと、いっさい不問で乗せてくれるって？

だもんで、こりゃラッキー！って、アトラクションに乗り込んだ！

オメ、くるくる回ったり宙を舞ったり、心臓縮み上がっちゃったりしたんだけど、こここって不思議の国みたいだ！

本当にすっごく面白かったよ！

ところで、エバーランドはなんで私を乗せてくれないんだろうねえ。私は本当にちゃんと乗れるんだってば。韓国にいる友だちもみんなここに連れてきて乗せてやりたかった。友だちのエスンも気に入るはずなんだけどな……。

降りたあと、自分の肝がどっかにそのまま転がり落ちちゃったかと思ったけど、触ってみたらちゃんとくっついてた。よかった。また乗れるだろ。

ユラ：おばあちゃん、大丈夫？
マンネ：ははほほほはほっほっ。

韓国で乗れなかった恨みを晴らしている。ぷはははははっっはっはっっ。

ユラ

「私、入れるかねえ？　ダメだって帰されたらどうしよう？
年寄りだからって入れないんじゃないのかい？」

ゴールドコーストにある遊園地ムービーワールドの前で、
おばあちゃんはまた年齢の心配でいっぱいだった。韓国で
断られた記憶が強く残っていたみたいだ。

おばあちゃんの龍仁の食堂はエバーランドの前にあって、
工事する人たちに頼まれて食事を出したことがあった。藁_{わら}
葺_ぶきの小さな家みたいな食堂だったけど、ご飯がおいしい
からエバーランドの人たちはみんなおばあちゃんの食堂で
食べた。
あるとき、ご飯を食べに来たエバーランドの職員におばあ
ちゃんが「おじさん、私も一度エバーランドを見物させて
もらっちゃダメかねえ？」と聞いたら、本当に見物させて
くれたことがあった。でも中に入れたからって何だろう。
何かに乗せてくれるわけでもないのに。
パク・マンネらしく「私だって乗せてもらおうなんてのは
何だかさもしくてやだから乗らないよ」と笑い飛ばして家
に帰ってきたって。

いくら考えても世間はおばあちゃんに対して薄情すぎたと

思う。本人は自分の歳を自覚する暇もなく、休まず仕事だけして生きてきて、ようやく余裕ができたところで、いざお金を出してアトラクションにでも乗ってみようと思ったら、来るのが遅かったと門前払いを食らったのだ

人生って、本当に何なんだろうか？

これ以上どうすればこの世に思い残すことがなくなるの？

一生懸命生きなくちゃいけないから一生懸命生きたのに、それが必ずしも「よく生きた」ことにはならないという状況は、往々にしてよく起こる。

おばあちゃんは水を得た魚のように、心からアトラクションを楽しんだ。私が怖がったジャイロドロップでさえもおばあちゃんは何のためらいもなく乗り込んだ。怖くないの？と聞いたら返ってきた答え。

「肝が1回ぽろっと落っこちちゃったよ。でも私は肝がいくつもあるからね」

ドリームワールドにも行った。おばあちゃんは一番怖いものにだけ乗りたいって言ったけど、心配になって私は止めた。私はますます憂いを深めていくのに、おばあちゃんはむしろシワを伸ばしているようだった。

その次のコースはタンボリン国立公園。

「適当に撮ったんだけど、思ったよりカッコよく仕上がってる」

「オメオメ、ねえユラ！　ちょっと見上げてごらん。
驚くねえ、オーストラリアにはこんなとこがあるのかい？」

ここは気候が温暖で熱帯雨林が広がっていて、それをちゃんと感じられるように、高いところから見渡せるスカイウォークも作られている。この本の読者で、もし自分のおばあちゃんとオーストラリア旅行をしようという方はぜひ、ここに行ってみてください！

Q1タワーにある展望台にも登ってみた。ここでは77階の高さのビルの外壁をクライミングできる。ハーネスを装着して、建物の外階段を頂上まで登っていって、また降りてくるのだ。私たちがそんなことしたなんて、いま思い出してみても恐ろしくて、うなだれて頭をぶるぶる振ってしまう。

おばあちゃんが、いつ建物の外側にはりついたりできるの？絶対にやってみたい、って言うので、仕方なく私も一緒に登ったけど、正直怖くて死ぬかと思った。

おばあちゃんは私の後ろにぴたっとくっついてきて、早く行けと催促した。

そんなふうにぴったりくっついて来ないでってば！

「あんたがのろのろ行くからだろ。あんたが私を保護してくれるってのかい、私があんたを保護しなきゃいけないのかい？」

言葉がない。

それ以外にも、熱帯の果物を味わえるトロピカル・フルーツ・

おばあちゃんの胆力の強さを再認識した。私は本当に怖かった。

ヘリコプターの窓の下にはゴールドコーストで一番長いビーチ、サーファーズ・パラダイスが広がっていた。おばあちゃんと私ができることといったら、感嘆の声を漏らすことだけだった。

ワールドにも行ったし、いろんなワインを試飲できるウィッチズ・フォールズ・ワイナリーにも行った。ワインの試飲なのに、おばあちゃんはおつまみばっかり食べていた。

「おばあちゃんてば、最近の若い子が集まる飲み会でそんなことしたら、家帰れって言われるよ」

「そんならそれでいいさ。そっちの世界に入ってく気もないよ」
私がからかったら、きっぱりそう返したおばあちゃん。

おばあちゃんはお酒をまったく飲まない。
聞いてみたことがある。おばあちゃんはストレスを感じたりしたらどうするの？　するとおばあちゃん曰く、ストレスというものを感じないって。腹が立ったらその場で即口に出して解消し、心に留めておかない人なのだ。
たいがいの人が心に留めないと言っていても、実際にはそうはいかないものだけど、おばあちゃんは本当に引きずらない。おばあちゃんがうちのおばさんとか誰かと喧嘩することがあっても、そのときは腹を立ててもう二度と会わないだの何だのと言っておきながら、翌日にはきれいさっぱり忘れている。
YouTubeを見て、おばあちゃんの性格がきつくて怖いという人もいるけれど、私はそんなおばあちゃんの性格が好き

だ。どちらかがずっと不機嫌なままで仲がこじれてしまう
ことってよくあるけれど、おばあちゃんは喧嘩したり腹を
立てたりしても、長引かせないですぐ「リセット」するか
らすごくいい。

オーストラリアで、子どもが道端で泣いているのを見かけ
たことがある。子どもが駄々をこねたので、その親が「こ
こにいなさい」と言って、子どもを置いて先に行ったふり
をしていたのだ。ところがおばあちゃんはトコトコと歩い
ていって、その子どもを抱き上げた。外国では他人の子ど
もに触れるのだってありえないことなのに、ぱっと抱き上
げるなんて、私はものすごく驚いた。
おばあちゃんは、その子にもプライドがあって両親のとこ
ろにはそう簡単に行けないことに気づいていたのだった。
「よしよし、私が連れてってあげようか？」

おばあちゃんが子どもを両親のところまで連れていくと、
その親もぱっと笑みを見せて「サンキュー！　サンキュー！」
と挨拶をした。

そのとき、おばあちゃんはサンタ帽をかぶっていたのだけ
ど、その母親はおばあちゃんに目配せして、まだ泣いてい
る子どもにこう言った。

「わあー！　サンタのおばあさんに連れてきてもらったんだ?!」

今や完全に様変わりした人生を生きているけれど、私が愛するおばあちゃんの姿は依然としてまったく変わらない。お人好しでかわいくて、面白くて情に厚いおばあちゃん！

내가 너 만나고 내 인생이 바꼈다 아고오 착해!
⟨Currumbin Wildlife Sanctuary⟩

今はカンガルーの後ろ脚が怪我した脚でないことも知ってるし、今はノースリーブのワンピースも準備していくし、私もずいぶん変わったよ。いや、違うねえ、私の人生が変わったんだね。「私はあんたに出会ってから人生がこんなふうに転がったんだよ。ありがと」

7

おばあちゃん、
グーグルから招待状が
飛んできた

#サラリーマン、衝撃注意　#人生はパク・マンネのように　#グーグル本社　# YouTube CEO　#スーザン探し　#おばあちゃんグローバル編　#英語嫌い　#セインは友だち　# Searching for Susan

マンネ

「おばあちゃん！　びっくりしないでよ。グーグルから招
待状が飛んできたよ」
「グーグルってのはまた、どこの国だい？」
「違う！　や、うーん……とりあえずアメリカ！」
「オメ!!!!!!!!!　アメリカ!!!!!!!!!!!!!!!!!!　何だって……いっ
たいどういうわけでアメリカから招待状が来たって？」
「グーグルっていう会社に行くんだよ！」
「ぐーごる??　私を、なんで？」
「グー！グル！　YouTubeがそこの会社なんだよ！」

私はまた心に決めた。
YouTubeがアメリカにも連れてってくれるんだねえ、オメ、
YouTube一生懸命やんなきゃね！
まったく不思議なこともあるもんだ。
天国にいる母さん、父さん、誇りに思ってください！
末娘マンネがアメリカに参ります！

こうして私は、一生この目で拝むこともないだろうと思っ
ていたアメリカに行った！　私の旅行といえば飛行機乗っ
て済州島行って、それで終わりだと思ってたのに、こうやっ
て飛び回ってるんだからね。
この私がYouTubeやりながら世界を飛び回るなんてさ、誰

が想像したかねえ？

アメリカ……！
この地に降り立つとすぐに若い外国人の男が近づいてきた
んだけど、歓迎しますとか何とか書いてある紙を手に持っ
てたんだよ。こんな歓迎、びっくりしちゃったよ（空港で
こんなの持ってるなんて、ドラマで見るもんだとばかり）。
この人の名前は、セイン！
グーグルで用意してくれた宿に着くと、オメ、全世界から
やって来たYouTuberたちが集まって、おしゃべりしてた
んだよ。
私はここでまた驚いちゃったんだ。なんでって、私ひとり
70代のばあさんなんだからさ。みんな20代とか30代で、
私だけ70過ぎてそこに混じってるもんだから、あの中でいっ
たい何ができるんだって……。
ああユラ、どう考えても私にはできそうもない。

「おばあちゃん！　おばあちゃんのいつものスタイルで
やればいいよ！」
「私のスタイルが何だって？」

5分後、私は早くも外国人のYouTuberたちと、身振り手
振りを駆使して騒いでいた。
これこそ私のスタイルだってユラが言ったよ。

世界各国のYouTuberたちを見ていると不思議だった。

私の職場の同僚って呼べるのかな？　あの人たちは何を撮って何をアップしてるんだろうか？

みんながみんな各国を代表してやって来たYouTuberたちだっていうんだから。

携帯とか電化製品を撮ってる男の人もいれば、こっちの人は英語を教える動画を撮ってて、あっちの人は芸能人みたいにあれこれ放送してるって言ってて……。

私もうまいことやれてるのかな？

 ユラ

グーグルでは毎年、開発者のカンファレンスである「I/O」が開催される。全世界の開発者たちが集まって、さまざまな新技術について意見を交わす場だ。もともと韓国からはIT専門のYouTuberが行っていたらしいけれど、2018年はどういうわけか、うちのおばあちゃんが招待された。

ついに到着した、アメリカはカリフォルニア。

「アッター、信じられん。私がいまアメリカにいるんだよ」

感激したのもつかの間、英語がしゃべれないためにおばあ

ちゃんは心配を募らせている。おばあちゃんが知っている
英語といえば、Hello、Thank you、Sorry、F*** you、Sh**……。
おばあちゃん、それ悪口だってば。
ダメだ。ホテルで一夜漬けに突入した。

「おばあちゃん、グーグルって何？」
「グーグル？　YouTubeのお母さん」
「AIとは何でしょうか？　人工……」
「人工授精」
「スマートフォンとは？」
「私の携帯」
「わからない英語があるとき、写真を撮ると自動翻訳され
ます。これを何と言いますか？」
「魔術師」

「熱勉」^{ヨルコン}※して、小テストまでやったけれど、ダメだった。

「知らないよ。ああもう、うるさい、うっとうしいったら!!
覚えらんないって。今すぐ泣いちまいたいよ。Hello、
Thank you、Sorry、F*** you、Sh**！」

おばあちゃんは英語が難しいからとベッドの上にごろっと
寝転がり、敗北宣言。はたして、ありがたいことに私たち

※熱勉　熱心に勉強するという意味の略語

には通訳がついていて、グーグル翻訳もあった。

 マンネ

グーグルが通訳の人をつけてくれてI/Oの行事も問題なく
こなした。通訳っていうのは外国人が話し終わったらそれ
を訳してくれるもんだと思ってたらそうじゃなくて、耳の
穴に何か突っ込んどくと、外国人の言葉が始まると同時に
訳してくれるんだ。

すべてが私を助けてくれているみたいだった。

英語の勉強をして疲れて寝てしまったおばあちゃん……。詰め込み教育は失敗
に終わった。

私も楽しみながら行事を終えた。
それなりにちゃんとやれた気がするんだけど？

 ユラ

翌日、グーグル本社に足を踏み入れた。私たち以外はみん
なIT専門家。そうでなければチャンネル登録者が500万人
を超えるような超有名人たちだった。映像を撮りながらも
信じられなかった。とてつもない名誉だと感じると同時に、
それに見合う映像を作らないといけないとも思った。これ
がどれだけ貴重な経験と機会なのかは痛いほどわかってい
たから、YouTuberとしてのプロ精神に徹した。

グーグルではじつに多様な新技術に触れることができた。
他のYouTuberたちがそれら新技術を撮影しているあいだ、
私たちはまったく違うやり方で違う映像を撮った。おばあ
ちゃんが知っている唯一のアメリカ人、私たちにYouTube
の銀の再生ボタン※を授けてくれたスーザンを探すという
コンセプトで、短編映画「スーザンを探して（Searching
for Susan）」を撮影した。

※YouTubeの銀の再生ボタン　チャンネル登録者数が10万人を突破すると
YouTubeより贈呈される記念の盾

周りの人たちが何を撮っているのか不思議がるから、私たちのコンテンツを見せてみると、面白かったのかみんな率先して手伝ってくれた。いつでも呼んでね、って。私たちを案内してくれたグーグル職員のセインも大きな役割を果たしてくれた。それに、グーグルに在籍する韓国人職員に会って、グーグルに就職する方法についても聞いてみた。私と同世代の人たちがこれを見て少しでも参考になったらいいなあと思って。

 マンネ

なんだって、グーグルってのは犬を連れて通ってもいい会社なのかい？
職員は食事もそれぞれの好みに合わせていいし、果物も偽物じゃない新鮮なのをその場でおろしてジュースを作ってくれる。
うちの国では、60代を過ぎると定年退職になって何にもできないって聞くけど、ここでは私よりも歳のいってる人でもコーヒーショップでコーヒー淹れてバイトしてる。
だから私は聞いてみた、私たちの通訳に！
あそこのおばあさんはいったい何歳でここでバイトしてるのか？って。そしたら、アメリカでは能力さえあればそれでいいんだそうだ。私より年寄りの白髪のおばあさんもエ

世界各地から招待されたYouTuberたち。私たち以外はIT専門家だったという
驚きの事実。

プロン着けて仕事してるもんだから、私はなんだかとっても妙な気持ちになった。

いま思い返してみるとそれは「感動」っていうものだったんじゃないか。

もしかして私もここで働けるのかなと聞いてみた。思わずその質問が口をついて出た。

でも私は英語ができないからダメだ。いったいどこの会社が社員に通訳つけて仕事させるかっての！　ハハハ。こんなことがあるたんび、勉強できなかったのが悔しくて。そうだよ、うちの母さん父さんはさ、どうせ教える気がないんならアメリカに養子にでも出してくれたらよかったのに！　そしたら私だって英語くらいはできるようになってたかもしれないじゃないか！

またもやうちの母さんと父さんを恨んじまった。

教えてやるのも嫌なのに、養子にやるなんてもっと嫌だよね？　ちぇっ。

グーグルI/Oの会場に集まった人たちはどこからやって来たんだろうか？

みんな世の中のことにいっぱい興味があるんだな。私だけ何にも知らないまんま、テンジャンチゲだけ作って生きてきたよ。

私にもちょっと色気が出てきた。

この世の中のこと、どうやって世界は回ってるのか知らなくちゃと思ったんだ。

 ユラ

グーグルの秘密プロジェクト研究所、「グーグルX（GoogleX）」。
空想科学技術を実験するところらしいけれど、何を作っているのかは公開できないとのこと。ただ、最近制作して発表したドローン配達技術は見せてくれるそうだ。

ヘリコプター乗り場のようなところに人が集まっていて、ドローンがプレゼントバッグを軽やかに降ろした。中にはキャンディやチョコレートとかが入っていて、みんながおばあちゃんに受け取ってと言うので、おばあちゃんが代表してもらった。情に厚いおばあちゃんはやっぱり、そこにいる人たちにチョコレートを分けて配った。

「これ、空から来たちょこれいとだよ！」

車に乗って戻る途中、さっきの席にグーグルの創立者がいたとセインが言う。
みんな大騒ぎになったけど、私たちはその人が誰なのかも

私たち、偶然にもグーグルプラスを使ってここに来てる。グーグル万歳。

おばあちゃんのトレードマーク、寝そべるポーズ。おばあちゃんは心からグーグルに就職したいと言った。

チョコレートを配達してくれたドローン。韓国の情を見せようとしたおばあちゃんはチョコレートを摑み、周りの人たちに分けただけなのに……そこにグーグル創立者がいた！

知らないので、冷めた反応。ある人が自分が撮った写真に
その人が写っていたと言うので見せてもらったら……あれ、
この人、おばあちゃんからチョコもらってた人だけど？
撮った映像を見直してみると、私の記憶は正しかった。

みんなはさらに大騒ぎ。グーグルの職員たちも創立者のこ
んな姿は初めて見たと言って、やたらと面白がっていた。
創立者の横にいた彼の息子にも、おばあちゃんがチョコレー
トをあげていたという事実も明らかになった。
えっと、私が撮影した映像の中にその様子が映ってるって
ことだよね！

おばあちゃん、わたし、グッジョブ！

「ほらね。こうやって人と分け合ってまじめに生きてきた
んだからさ、いつかこんな日が来ると思ってたんだ」

 マンネ

アメリカにも私のことを知ってるぴょん※ たちがいたよ！
グーグルI/Oの会場で、メキシコの記者が私に気づいたのさ。
その国のニュースで私を見たって言った。それこそ両目が
きらりと光ったんだってば。

それにホテルでのチェックインのときも、そこのスタッフ
が私に気づいた！
私のインスタグラムのフォロワーだってさ！
そのアメリカ人が！

どうしたらこんなことが起きるんだろう？

ユラ

おばあちゃんだって、人見知りをしないというわけではな
い。だけど外国人の友人たちと遊ぶのは本人も面白く感じ
たようだ。そのうえ、その友人たちはおばあちゃんをもの
すごく気に入っていた。仲良くなればなるほどにおばあちゃ
んは、英語ができないという事実について、深い悲しみを
感じるようになった。
思いっきり白髪のご老人が働いていたカフェでは、やたら
とうらやましがった。おばあちゃんも英語ができたらここ
で皿洗いでもしたい、自分の仕事を持っているのがうらや
ましいと言った。
綿あめを食べると、おばあちゃんは話をした。

「ユラ、ここに来たらこんなふうに思ったよ。うちの母さ

※ぴょん　ファンのことをパク・マンネはこう呼ぶ

おばあちゃんのグローバルぴょんたち。不思議すぎる！

ん、あんなに私に教えてやる気がなかったんなら、ここに
養子に送ってくれたらよかったのに。何ひとつ教えないで、
何のために私を育てたんだろう。ここに養子に来てたら英
語くらいは話せるようになってたんじゃないかね……」

おばあちゃんは学校にほとんど通えなかった。勉強をさせ
てもらえなかったいう恨みつらみは大きいし、勉強したい
という情熱も強い。
それを知っていたから、アメリカに行ったあと、おばあちゃ
んと英語レッスンに通ったりした。でもうまくいかなかっ
た。おばあちゃんは、私の舌はなんでこんなに回らないん
だ、ってもどかしがった。私も残念だった。歳を取ると反
応速度が遅くなって、拍手をするにもリズムが合わないと
聞く。英語も音を聞いて同じように口に出さなくちゃいけ
ないのに、それが思い通りにいかないのだ。

グーグルの職員にも、ここで仕事するのはすごく幸せそう
だと言ってみた。その職員はおばあちゃんに、いくらだっ
て働けます、どうにもならなかったらジュースでも作れば
いいんです、と返してくれたのだけれど、おばあちゃんは
その言葉に希望を抱いた。

実際にはそんなことは起こりえないだろうけど、それでも、
いつだって自分さえその気になればできるという考えが良

いエネルギーを与えてくれたんじゃないか。

グーグルの行事が終わって、すごく名残惜しかったけれど、
もう家に帰る時間だ。ところが韓国にある旅行アプリ会社
「クロック」が3日間の自由旅行を協賛してくれるって！
おばあちゃんは私がからかってるんだと思って最初は信じ
なかったけれど、本当だとわかると歓喜の声をあげた。私
たちは1日3カ所のアトラクションに使えるフリーパスを
買うことにした。おばあちゃんが乗ってみたかった2階建
てのシティツアーバスにも乗った。
けど、バスに乗って盛り上がったのも一瞬だった。風が、

金門橋（ゴールデン・ゲート・ブリッジ）を通り過ぎて写真を撮ったのだけど、
インスタグラムに「私がアメリカの海の上のキム・ミンギョ（＊韓国語で金門
橋はクムムンギョと発音）橋を越えた」と書いた。すると俳優のキム・ミンギョ
氏本人が直接コメントをつけてくれた。

冗談抜きで強くて。口が歪むかと思った。

遊覧船にも乗った。アメリカの海の真ん中にいるのが信じられないと言って、おばあちゃんは私に頬をつねってくれと頼んだ。

そのあとは怒濤のショッピング！
ダイソンの掃除機も買ったし、おばあちゃん初のブランドバッグも買った。これまで生きてきて「グッチ」、その名前だけはもちろん知っていた。グッチと初めて出会ったおばあちゃんはインスタグラムに「グッジ」と書いた。おばあちゃんはYouTubeでお金を稼いでも、ブランド品をおいそれと買えるというわけではなかった。私がちょっと選んでみなよと言っても、いくらお金があってもこんなの買えない、あんたのでも選びなさいよとおばあちゃんは答えた。私もそうだ。お金というのはいくら稼いでるかではない。使い方を知っている人こそ使えるものだというのを切に感じた。結局、気に入った赤いバッグをひとつだけ選んだおばあちゃん。いざ買ってみると、バッグを抱きしめてチューして大騒ぎだった。
ショッピングのあとでやってきた強烈な空腹感。アメリカならハンバーガーでしょ、と In-N-Out Burger に行った。おばあちゃんもアメリカのハンバーガーは何か違うねといっておいしそうに食べた。アクアリウムで思いっきり魚も見

物して、あちこちめぐって、おばあちゃんは好奇心の大宴
会を繰り広げた。道でパフォーマンスをしている人たちに
近づいていって、興味津々でのぞき込んだり触ってみたり。
歳を取ると好奇心は失われていくというけれど、おばあちゃ
んは好奇心満載だ。気になることがあると我慢できない。
おばあちゃんは歳を取ったクレヨンしんちゃんみたいだ。

 マンネ

私は旅行に行くと、建物よりも人と一緒にたくさん写真を
撮る。
帰ってくると、写真の人たちを見ていろいろ思い出す。

アメリカの高カロリーの味を知ってしまった。

道でパフォーマンスしていたおじいさんのところにばっと駆け寄ってマイク
を掴み、ポーズを取るおばあちゃん。止められない。

歳を取ると、人が尊くて大切になる。
昔からの知り合いはひとりずつ死んでいって、
新たに出会える人はいない。
だから老人はさびしいみたいだ。

 ユラ

グーグルに行ってから、おばあちゃんは YouTube の CEO
であるスーザンに会いたがった。スーザンに渡す手紙まで
書いた。

おばあちゃんと親友になったセイン。セインは私たちの手紙をおろそかにせず、
ついに CEO のスーザンに渡してくれた。ありがとう、セイン！

セインとグーグル副社長のサミール・サマット。おばあちゃんに会うなり「コ
リアン・グランマ」と叫んだ。

スジョン（Susan）、ありがとうございます。アメリカに招待してくれてありがとう。1回じゃ足りないです。また招待してください。ありがとうございます。スジョン、ずっと元気でいてください。私は英語わからないです。それでもいいですか？

スジョン、ずっとお幸せに！　さようなら！

でもスーザンはそこにはいなくて、結局会えなかった。今回私たちをたくさん助けてくれたセインが手紙を渡してくれると約束した。その後連絡がなかったので、手紙のことは忘れちゃってるよなと思っていた。

けれど数カ月後、セインから連絡が来た。家族旅行で再びスイスを訪れていたときだった。セインが送ってくれたリンクをクリックしてみると、スーザンからの手紙を伝える映像じゃないか。

スイートだ、スイート。

とてもありがたかった。スーザンは私たちに映像レターまで送ってくれたのだ。おばあちゃんの映像を見たことがあるって。そして、手紙を受け取った、手紙を書いてくれてありがとうと言った。

「あ、まるで本当にノートPCの中に入ってるみたいだね」

スーザンに心底会いたがっていたおばあちゃんは、ノートPCの中のスーザンを見てものすごく喜んだ。そして英語ができなくて悔しい、返事をどう書いていいかわからないと嘆いた。

「おばあちゃん、心配しないで。私が手伝ってあげるから」

リアクション映像を撮ろうと思った。映画『ラブ・アクチュアリー』の有名なプロポーズシーンのように、急遽スケッチブックの代わりにキッチンタオルにメッセージを書いて、1枚ずつちぎっていく。
　"Hello Susan / You are CEO / I'm Youtuber / We are Family"で始まる、短くて簡単な英語メッセージを送った。

ありがたいことにセインがこの映像もスーザンに送ってくれて、スーザンはTwitterで私たちのYouTubeの紹介までしてくれた。

だから本当に、聞き飽きたことをまた書いて申し訳ないのだけれど、ここまでのすべてのことが「信じられない」。

マンネ

ユラは動画をぶっちぎりにうまいこと撮ったみたいだ。
肩が壊れるくらいカメラをかついで回った甲斐があったと
いうものだ（ユラは私がおならしただけでもカメラを向け
る）。

その動画がどれだけ大当たりだったかお伝えしよう。まず
私がYouTubeの社長のスーザンを探し回るというあらす
じだったんだけど、セインを通じて本当にスーザンが私の
手紙を受け取ったんだよ。それで私たちの動画を見て、映
像レターで返事まで送ってくれたんだってば！（スーザン
との後日談はみんな知ってるっしょ？　あとで全部聞かせ
てあげるよ、ぴょんたち）

夢みたいなことが起きちまった。どうにも信じられない。
オメ、私のことかついでんじゃないかい？
私もはじめはユラがアメリカのドラマでも再生してるのか
と思ったよ。

YouTubeしてる人たちの中で、社長から手紙をもらった人
は本当に私だけなんですってば。
サンキュー！　サンキュー！　スーザン!!!

こんにちは、スーザン!!　愛しています。私たちは家族です。

8

お金をたくさん稼いで
機械と暮らすんだ

＃習慣性購買圧迫　＃機械と暮らすんだ　＃冷蔵庫が話す
世界　＃想像もできなかった　＃サムスン偉くなったね　＃家
族旅行は東南アジアが答えだ

ユラ

グーグルへ行ってきたあと、サムスンから連絡が来た。ド
イツ・ベルリンで開かれるヨーロッパ最大の家電展示会
「IFA2018」でのサムスンのイベントに参加してほしいと
いう。現場に到着してもなお疑うおばあちゃん。

「なんで私に来いっての？」
「おばあちゃんが家電に興味持ってるから、行って見てこ
いっていうんでしょ」
「なんでサムスンがいきなりそんなかわいい真似すんの？」

イベント会場に作られたサムスンタウンに入った。建物ひ
とつをまるまる全部占めるというものすごいスケール！
冷蔵庫「オタク」のうちのおばあちゃんは大興奮だった。
アウトレットに行ったときの私のように「冷蔵庫！　冷蔵
庫！　ドラム式洗濯機！」などと叫びながら、あちこち
いじりまくっていたんだけど……おばあちゃん、ブランド
ショップに行ったときとずいぶん違わない？

8K画質のテレビを初めて目撃したおばあちゃん。
「これで朝ドラ見たら、どれだけ面白いかね？」
おばあちゃんのドラマ愛は止められない、本当に。

マンネ

サムスンが私を探してるって？
もちろんグーグルもすごいよ！　でもサムスンはもとも
と私がよく知ってる会社だからかな。わが国最高の企業が
私をドイツに送ってくれるっていうんだから不思議だった。
契モイムを欠席しなきゃいけないから、友だちに説明して
やった。グーグルの話をしたときはなんだか適当に利いた
ふうな口をきいてたけど、サムスンの話をしたら、ぴょん
ぴょん飛び跳ねてお祝いしてくれた。

サムスンも携帯をくれた。サムスンは本当に大きいんだね。
誇らしかったよ。
うちの国も外国まで手を広げてるんだなあ。そう感じた。
それと韓国の企業だから外国の支店があっても従業員はみ
んな韓国人だと思ってたんだけど、外国人もいて不思議だっ
た。
「なら外国では社長は誰だい？」
それもまた気になった。私は気になることが多い。

私は来世では結婚しないで機械と暮らしてやる。
だって、機械が全部やってくれるんだよ？
まったく、旦那を世話して暮らすのは損でしかない。

朝起きたらご飯を作ってやんなきゃいけないし、洗濯してやんなきゃいけないし、服にアイロンかけてやんなきゃいけないし、夜のテレビは好きなドラマじゃなくてスポーツにしなきゃいけないし……。

機械と暮らせば、そんなこともないだろ。あいつらはしゃべらないし、仕事も全部助けてくれるし、静かで浮気もしないし、いいよ。

男と暮らすと、いつだって不安になるときがあるからさ。うちの旦那だって結局浮気して出てった。いやはや、死んでいなくなってくれたから気が楽だよ。

空の上のヨンロクアッパ※、悪いけどあんたが死んでくれて私は気が楽なんだけどさ、あんたはほんとにほんとにかわいそうだ。このすばらしい世界を置いてあっちへ行っちまって気の毒だね！　おいあんた、だから私によくしとけば、今頃いっしょに飛行機乗って空を飛び回れてたのに……。何はともあれ、とにかく空にいるんだから、その空でどっかんどっかん後悔しな！

有名な画家だっていう「ドゥドル」っていう人にも会った。ユラが「ドゥドロギ」に会うっていうから、間違ったもん食べると蕁麻疹（ドゥドゥロギ）になるってことかと思ったんだけど、名前がドゥドルだった。

※ヨンロクアッパ　韓国では長男の名前に「アッパ」（お父さん）をつけて夫を呼ぶことが多い

231

私はどうしてこんなに知らないことばっかりなんだろ？
だから私は老けないのかな？
あんまりにも物を知らないから？

 ユラ

アーティストの「Mr Doodle」に会って、おばあちゃんは
写真に絵を描いてもらい、「クラブ・ドゥ・シェフ」のクッ
キングショーにも招待してもらい、ミシュランの料理も味
わった。イベントを楽しんでいたら、いきなりサムスンの
ヨーロッパマーケティング部の常務が現れて、おばあちゃ
んと写真を撮りたいと言う。背の高い常務は、膝を片方曲

おばあちゃんに会って、即興で絵を描いてくれたドゥドル！

げておばあちゃんの背に合わせてくれたんだけど、それを
おばあちゃんは、自分と付き合おうとプロポーズしてると
思ったそうだ。心ではすでにプロポーズを受けたつもりだっ
たのか、家電製品を見るたびに私にひとつ買ってくれって
頼むんだけど、おばあちゃんの嫁入り道具を準備しに来た
んですかっていう！

グーグルもすごかったけど、やっぱりサムスンは韓国人が
説明してくれるから理解しやすかった。なによりもおばあ
ちゃんが気楽に冷蔵庫のドアを開けたり閉めたりして、あ
れこれ見物できるのがよかった。AIとIoTでつながれた家
電は、人が家に帰るとテレビのチャンネルを変え、家の中
の温度に照明まで自動で調節する。感動したおばあちゃん
は「サムスンもずいぶん偉くなったね！」とほめてた……。
サムスン以外の他のブランドのあらゆる家電を全部見物し
て出てきたおばあちゃんの感想は──
「もし生まれ変わっても人間だったら、結婚しないで機械
と暮らすんだ」
いきなりSFモード？　けどこれは本心。おばあちゃんが
描く非婚ライフは、こんな感じだ。家に戻るとテレビがパッ
とついて、朝ドラだけずっと流れてる。男と暮らすと「ア
ホくさいこと」して、ニュースにしろだのとうっとうしく
て、人とは暮らしたくないそうだ。

そうやって暮らせるなら、結婚しなくてもいいんだって。
おばあちゃんはいつも「夫に出会って私の人生台なしだ」
と言う。こんな世の中がもう少し早く来ていれば結婚しな
いで機械と暮らしていたのに、と残念がった。
おばあちゃんは私の能力を高く評価してくれていて、あん
たはやれること全部やってから遅めに結婚しなきゃね、結
婚したら子どもの面倒見なきゃいけないから、仕事を続け
たかったら子ども生むのもやめなさいって言う。お金をた
くさん稼いで、やりたいことを全部やってから結婚するの
はいいけど、うっかり惑わされて結婚しちゃうと、あとで
自分のことができない無念さがずっと続く。それも、よく
言っている。
おばあちゃんがどんな気持ちでそう言うのかは、よくわかっ
ている。あれほどしたかった勉強もできなかったから。

したいことがとにかくたくさんあるおばあちゃんは、でき
ないことが多くて悲しい人だ。自転車に乗れないからか、
とにかく自転車を見ると走っていって写真を撮り、英語が
できなくて学がないと悲しんだ。けれどそんな気持ちがあ
るからこそ、おばあちゃんは今の年齢でも学び、成長して
いる。私はそう信じている。

イタリアへと旅立った日、空港で私が用事を済ませている
あいだに、おばあちゃんがひとりでトイレに行ってきた。

「生まれ変わっても人間に、人になったら」

極端なIFA観覧後記「結婚しないで私は機械と暮らすんだ」

サムスン電子がAIとIoTで具現化するマンネの非婚ライフ「男と暮らすとアホくさいし、ヘッドラインニュースにしろって言うし」

「私はお金をたくさん稼いで、機械と暮らすんだ」

初めてだった。おばあちゃんは自信ありげな様子で戻ってくると、インスタグラムで自慢もした。

旅をしている最中にもふと、はっとさせられる瞬間がある。私たちにとってはたいしたことでもない何かが、おばあちゃんにとっては成功体験になりうるということに気づくのだ。

 マンネ

ドイツのサムスンのイベントが終わって、私とユラはイタリア・ローマへと移動した。
うちの家族との、初のヨーロッパ旅行なのだ。
まず私たちが先に行って、息子ふたりを待った（娘のスヨンは店があるから来られなかったのが今でも心残りだ。この母は道の真ん中を歩いたらいけませんね）。

子どもたちを待つあいだ、ユラと私は空港のコーヒーショップに入り、溜まっていた韓国ドラマを見ていた。ところが、ふとキャリーケースのほうを見ると、バッグがなくなってたんだよ！　キャリーケースの上に置いておいたバッグが丸ごと消え去っていた。アイゴー！　泥棒のやつらときたら、なんだい、空港にもいるのかい？
すごくすごく腹が立った。

私が大事にしてるメガネもなくしちゃって、財布も何もか
も全部なくしちゃった。自分でもどれだけショックだった
のかわかんないけど、しばらく目の前が霞んでいた。めま
いがしたんだよね。
私を安心させようとしたユラは、警察署に行ってなんかの
紙をもらってきたりして、とにかく私らふたりとも、完全

korea_grandma   ...

korea_grandma 「ついに私はやり遂げた。ユラがいなくても空港のトイレに
行ってきた」

に放心状態だった。

そうこうして、子どもたちに会った。

ユラがなぐさめてくれて、子どもたちにも会えたから、そ
れでも少しは気持ちが落ち着いたんだ。
うちの息子たちに冗談なんか言ったりしてさ。

「あんたたちを待ってたら私のバッグが泥棒されちまった
んだよ。誰のせいかねえ」

ところがうちの長男とかいう野郎は「いや、なら母さんは
なんで俺らにここに来いって言ったのさ？」なんて言うじゃ
ないか。どうして泥棒のやつを恨むんだ、なくしたのは母
さんが悪いんだ、って。
いや、たしかにうちの息子だけど、あんた、自分の親父に
似て、その言い草にその態度ときたら。
私は自分のバッグをなくしたことよりも、バカ息子の言いっ
ぷりがさ……。
このときの言葉が悲しくて、生涯忘れない。
それでも次男のほうは、会ってすぐに、そのバッグは母さ
んと縁がなかったみたいだねってなぐさめてくれたよ。
ユラも、自分がもっといいバッグを買ってあげるからって
なだめてくれて。

長男よ、あの野郎は本当にまったく……。

あんまりにも悲しいから、このくだりを全部正確に私の頭に詰め込んでおいた。とにかく言葉だけでもなぐさめてくれりゃいいものを、なんでそういうふうに私の気持ちをほじくり返すかねえ？　まったく、あんたの親父にそっくりだよ。

私はユラに父親みたいな男とは付き合うなと言った。うちの長男もこの本を読むだろうけど、ちょっとは気づけと思って書いた。あんたのその性格、一回死んで出直してこい。

旅行中、ユラに言った。

「『真紅のカーネーション』（＊原題『私もお母さん』。2018年にSBSで放映された朝時間帯の連続ドラマ）を見ていたら、ローマの空港でバッグ丸ごと泥棒にあった。ちょっと目を離した隙に。まったく呆れちまう。私のバッグは今どこにいるんだろう。『真紅のカーネーション』はもう見ない」

「ちょいとユラ、私だけ連れていきなよ」

ユラと私は本当によく合う。
ユラと私は前世では幼馴染みだったみたいだ。

 ユラ

おばあちゃんがすごく大事にしていたバッグだった。
20年前に20万ウォンほど出して買ったという「サムジー」※
のバッグ。おばあちゃんの歴史が詰まっているバッグ。もっ
たいないから普段はあんまり出さず、海外旅行に行くとき
だけ持ち歩くバッグ。それを盗まれたのだ。それだけじゃ
ない。そのバッグの中には、おばあちゃんの財布と旅行経
費の150万ウォンくらいが入っていた。
財布にはおばあちゃんのお姉さんたちの写真も入っていた。
姉さんたちは旅行に行けないから連れてってあげるんだ。
そう言ってた写真も全部なくしてしまったので、本当に悔
しいって。
「泥棒野郎め、捕まえたら骨の1本も残してやんないからね」

その後は、猛烈な悪口のオンパレードだった。
それから、うちのお父さんがやって来た。お父さん特有の
ジョークだったんだけど、おばあちゃんは頭に来て、つい

に怒りの蓋を開けた……それでも、大変なときに笑ってこそ一流だって言うじゃん、おばあちゃん。

出発から騒々しい、家族旅行の幕開けだった。

マンネ

フィレンツェでは皮革市場が有名なんだってね？
息子ふたりがベルトを買うからって、あちこち比べてまけさせようとしてた。3つで160ユーロだったかな、それを80ユーロまで値下げさせたんだ！　インターネットでは半額になってたとか言ってさ。
売り子がライターでベルトに火をつけながら本物の革だって言うと、うちの長男とユラはそのベルトだけが革製なんじゃないかって疑って、次男は10ユーロさらにまけろとかって。3人ともまったく笑えた。

長男はなんと1時間かけてベルト値下げ戦争を繰り広げていた。次男はまけてくれないなら買うのはよそうってクールに背を向けて行っちゃうんだ。あとで買っとけばよかったって後悔するはずだけど？なんて言いながら私らもその

※サムジー　SSAMZIE。韓国を代表するファッション雑貨ブランドだったが、拡大路線がたたり2010年に倒産した

241

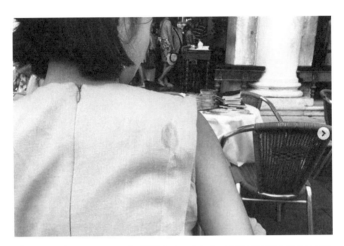

「ベネチア広場でコーヒーを1杯飲んでいるとき、1羽の鳥が飛んできてユラの背中にフンをパッと落としていった。おしっこもしてけばいいのに」

「私はローマに来たよ。ミニ傘を買った。ローマはとにかく見るところが多くて、聖堂観光もできないまま帰ってきた。人が多すぎて引き返せなかった」

あとを追っかけた。そんで夕飯食べようとぶらぶら歩いて
たら、どうしたんだか次男の姿がいきなり消えたよ……？
あれ、振り返ってみると、革ジャケットの売り場からショッ
ピングバッグをぶんぶん振って出てくるじゃん？　さっき
は10ユーロまけさせるのに貴重な1時間を費やして、なん
だかんだとアホったらしいことしてたのに、それは300ユー
ロで即買っちゃったって？
オメ、何考えてんのさ？

 ユラ

私たちはまた戻ってきた。スイスだ！
お父さんとおじさんのために、パラグライダーをもう一度
予約しておいた。ラフティングは初めてだったけど、最初
のうちは怖がっていたおばあちゃんも、他の船との戦闘的
な水の飛ばし合いを繰り広げて大盛り上がりだった。

しかし問題は、ローマでなくしたバッグの中に予備のメモ
リーカードも入っていたということ。
手持ちのメモリーカードは容量の少ないのがひとつだけで、
これで撮るなら毎回撮影するたびにデータのバックアップ
を繰り返さないといけない。
ドイツにいたときからたくさん仕事をしてきて、撮られる

立場のおばあちゃんだって疲れているのは同じだろう。カメラを向けられると何か面白いことをしなくちゃいけないような気分になるし、ずっと話し続けなきゃいけない気にさせられるから。

むしろよかった。これはきっとゆっくり休めというお告げだ。イタリアとスイスではYouTube用の映像をまったく撮らなかった。

家族旅行になると旅行のリズムもちょっと変わる。おばあちゃんより旅行経験の少ないお父さんとおじさんが一緒なので、私がやることはもっと増えた。用事があって今回は来られなかった他の家族のことを思うと胸が痛んだし、そうそうあるチャンスでもないんだから最善を尽くして遊ばなきゃ、というプレッシャーもあった。とりあえずは旅のワクワク感もあって、私たちにとっての歴史的な旅行だという喜びも大きかったのだけれど、同時に若干のうっとうしさも入り混じった、なんとも味わい深い旅となった。とくに移動の多いヨーロッパで家族旅行するというのは、本当に大変なのだ。

おばあちゃんとふたりの旅行では、一度も喧嘩しなかった。もちろん私にだって見たいものも食べたいものもあるに決まってる。でも私はいつでもまた来られる。一方、おばあちゃんにとってはもう二度と来られないかもしれないとい

う気持ちで来ている旅行なのだから、何があろうとおばあちゃんに合わせた。おばあちゃんが行ったらよさそうなところや、どこかで自慢できそうな、一番有名なところをメインに選んだ。

実際のところ、おばあちゃんとは気楽で面白くて過ごせて、楽しいと感じるツボが似ているから喧嘩する要素もなかった……。

とにかく私の結論は、家族旅行するなら、とにかく東南アジアが最高だということだ。

 マンネ

うちの長男のせいで初日から気分を悪くしたけど、それでも子どもたちが楽しそうにしている姿を見ていると、私も本当に幸せだった。

私が初めてオーストラリアに行ったときのあの気分をうちの子たちも味わっているようで、見てるだけでもお腹いっぱいだった。うちの子たちが小さい頃にしてやれなかったことを、大人になってやってあげているような感じだった。私が楽しいかどうかより、子どもたちが喜んでいるのを見ると心から癒された。

うちの娘を連れて来られなかったのが本当に残念で。娘は

私の跡を継いで食堂をやってるから、私みたいに一生仕事だけしていくんじゃないかと心配だ。

スイスに行ったら、広々とした大平原に仕切りだけがされていて、そこで牛を育てていた。うちの子たちに聞いてみた。韓国では囲いの中に閉じ込めて飼料だけ食べさせて、ここの牛は自然の草だけ食べてるのに、なんで韓牛※のほうがずっと高いんだ？って。
そしたら次男は、味が違うんだと答えた。
だから今度は、服はアメリカ製のほうが高いのに、食べ物になるとなんでアメリカ製のほうが安いのかって聞いてみた。うちの息子はそれには答えなかった。
あいつも知らないんだろ？　その答えは聞けなかった。

2回目のパラグライダーもやった。2度目は余裕だったね。ラフティングは人生初。川の水はスイスの氷河の雪解け水らしくてエメラルド色に光ってたんだけど、生涯忘れられないほど神秘的な色だった。久しぶりに声を上げてじゃんじゃか水遊びした。

次にスイスに来ることがあったら、さて、どんな新しいことをやってみようかな？

※韓牛　国産牛

246

おばあちゃんを悲しませても、うちのお父さんは写真だけはまあ本当に上手に撮る。

ユラは前世では私の幼馴染みだったに違いない。

ねえユラ、次の旅行はふたりだけで行こう。

まるで拳銃を隠し持ったかっこいい殺し屋みたいな、おばあちゃん。

Making Story
メイキング・ストーリー

「貧乏だったあの頃にはあげられなかった、
息子と娘を驚かせたおばあちゃんのプレゼント」

（プレゼントをあげるお友だちの）歳はいくつですか？

52歳……

Commentary
コメンタリー

 マンネ

YouTubeで有名な「ジニ」っていう子と動画を撮ることにした。そのジニのオフィスに行って、山のように積まれたおもちゃを見た瞬間、ああ、うちの子たちのことが浮かんだ。子どもたちが小さい頃は文房具屋でちょっとしたおもちゃを売っていた。市場に子どもたちを連れて行くと、文房具のところを通り過ぎるたびに、母さんあれ買ってよとせがむんだけど、私はそのひとつもろくに買ってあげられなかった。そのお金があれば豆もやしを買えるから、なんとか子どもたちを引っ張って家に帰った。

ジニのところに行ってみたら、万感胸に迫るものがあった。世の中にこんなにたくさんのおもちゃがあるのに、私はひとつも買ってあげられなくて……。月日が経っても、最近の子どものおもちゃとか人気のおむつとかを見ると、こうしていまだに心になんか引っかかるし、うらやましくもある。私が子育てしてたときは、おむつ1枚買ってやることもできなかった。体を壊すまで一生懸命働いても、子ども3人を食わせて学校にやるのに手いっぱいで、おもちゃなんてどこの国の話だか。遊んでやる

ことさえできなかったんだからさ。

万が一買ってやるなんてことがあれば、絶対に壊れない
木製のコマをひとつだけ買ってやった。それでうちの長
男は紙の箱を拾ってきてメンコを作って遊んだ。私が全
然買ってやらないから……。次男は自動車のおもちゃが
好きだったんだけど、私が買ってやらないから、枕を車
に見立てて。窯の蓋を持ってウィーンウィンって言いな
がら運転してるふりをして遊んでたよ。そんなとき私っ
たら、枕が折れちまう、なんてひどいこと言ったよね。
末娘のスヨンは着せ替え人形みたいなのが好きだったん
だけど、もちろん買ってやれなかった。スヨンも枕を人
形にして遊んでたね……。ジニの撮影場所でおもちゃを
見た瞬間、うちの子たちにあげたい、って思ったんだ。

私は、体は歳を取ってても、心は青春のままだ。
うちの子たちだって心はまだ子どもだったのあのときの
ままだろうと思って、おもちゃをもらってきてうちの子
たちにプレゼントした。
プレゼントを受け取ったあと、その場では何にも言わな
かった。夜になってこう言ってきた。

母さん、忘れてなかったんだね。おもちゃ買ってくれて
ありがとう、って……。

# 子どもたちによる後記

長男・ヨンロク

僕がコマを好きなことを覚えていて、コマを買ってきて
くれた母さんの姿に胸を打たれた。もらったのは僕なの
に、母さんのほうがもっと喜んでいる様子を見て、僕も
うれしかった。ありがとうございます。愛しています。

次男・ウノク

母さんがおもちゃをくれたんだけど、うるっと来ちゃっ
て言葉が出なかった。
兄さんや妹に比べると、母さんは僕をかなりサポートし
てくれたと思う。野球するからって……母さんにはずい
ぶん心配をかけた。だから僕の中では、自分がほしかっ
たものは母さんが苦労しながら全部手に入れてくれたっ
ていう記憶しかなくて、おもちゃをもらったときは、兄
さんと妹にすまない気持ちになった。
みんな大好きです。

末娘・スヨン

幼い頃、マロン人形※がどうしてもほしかったのに、母
さんは高いからって買ってくれなくて、私はいつも50ウォ
ンとか100ウォンの紙人形で遊んでいたんだけど……。

気づけば私も40歳を過ぎてるっていうのに、母さんは
キンパ作りのおままごとセットと、すごく小さな人形を
プレゼントしてくるもんだから、「これ何？」「私が小
さいときにほしかったのはこれじゃない！」って悔しがっ
た（母さんは私が幼い頃にどんな人形をほしがってたの
かも知らないんだ……はあ……）

でも少しあとでYouTubeにアップされたその映像を見
てみたら、母さんは私がどんな人形をほしがっていたの
かを全部知っていた。
その部分だけ、何十回と見た……。繰り返し見続けてい
るあいだずっと、胸がいっぱいになって涙が出てきた。
母さんの歳は70代、私は40代……。
母さんは、あのとき買ってやれなかったという悲しみを
どれだけのあいだ胸に秘めていたのだろう？
そのときの母さんの心情はどんなものだったろう。

私も子どもを産んで育ててみて、ようやくわかった。
母さん！　申し訳なくて、でもありがとう〜。そして、
愛してる♡

※マロン人形　リカちゃんのような着せ替え人形

9

パク・マンネ・ショー、
スーザンに会う

#マンネに会いに ＃YouTube社長さん ＃スーザン ＃ア
イゴー会いたかったです ＃歴史的な出会い ＃パク・マンネ・
ショー ＃合成ではない ＃キンパ作り

マンネ

「おばあちゃん、驚かないで!」
ユラから電話が来た。
私はもう、たいていのことでは驚かない。
「スーザンがおばあちゃんに会いに韓国に来るって」

スーザンが誰だって?　まあ、芸能人かなと思って、誰だ
いそれ?って思ってたんだけど、考えてみたらスーザン?
スーザン?　YouTubeの社長だって????????
オメ、その社長さんが私に会いに韓国に来るって?

気づくとその日がもう目の前だったんだよ!
心臓が破裂しそうだった。
なんで破裂しそうかっていうと、私はスーザンの話してる
ことがわかんないから。
またうちの母さんを恨めしく思った。まったくおかしくな
りそうだ、ほんとに!
英語!　ちょっとはできるようにしてくださいよ。
ペラペラペラーっとはいかなくても、少しくらいはわから
なくちゃダメじゃないか!
ユラと昨日の夜、練習したんだけど、右で聞くと左から出
ていった。いったいぜんたい、聞いたとたん反対の耳の穴
から出ていく理由は何だっての?

認知症になったうちの姉さんたちが思い浮かんだ。こうして聞いたそばから忘れちゃうのってまさに痴呆では？　昔は1回しか言われなくても全部覚えてたのに……今じゃ10回聞いてもよく忘れる。姉さんたちもこうやって認知症になっちゃったのかな？　やたらと心配になる。

「違うよ、おばあちゃん。そうじゃないってば！」

ユラが台本を大きな字で書いてくれたけど、ダメだった。100回、1000回やってもダメ。

「ほっといて。私の勝手にやるからさ！」

スーザンが部屋に入ってきたときは、本当に絵そのものが入ってきたみたいだった。

YouTubeの中で見てた人が飛び出してきて、こっちに歩いてくるから不思議な気分だった。

YouTubeしながら芸能人にたくさん会ったけど、クォン・サンウ以後、こんなにドキドキしたことはなかったよ。

歩く姿や視線からして、他の人とは違っていた。社長のカリスマがあった。私はぶるぶる震えたけど、社長には余裕があった。さすが、違うね。

通訳のおかげで助かった。私が作っていったキンパも見せて、プレゼント交換もした。私の名前が入ったYouTubeのエプロンをプレゼントにもらった。

世界にひとつだけのプレゼント！

マンネ：「これ持ってって、飛行機の中で召し上がって」
スーザン：「Thank You. Korea Grandma.」

『パク・マンネ・ショー』というタイトルを掲げ、スーザンとの出会いを動画に
収める日が来るとは……。プロデューサーとして私の人生最高の日！

YouTubeの社長は韓国に来たのはこれが初めてだと言った。けどそれが私に会うためだなんて……。いやあ、私の運命、どうなってるんだい？

 ユラ

私の人生最大の楽しみは、達成感を味わうことだ。ひとつ目標を立てると、それを遂行していく過程をまるでゲームをするかのように楽しんで生きているのだ。
YouTubeをしていて、孫娘の立場としてはおばあちゃんの幸せが私の目標だけれど、プロデューサーとしての目標は、このチャンネルの価値が認められ、広く知られることだった。

2018年5月、「グーグルI/O」のイベントに行ったとき、スーザンを探すというコンセプトの動画を撮ったのは、じつのところCEOのスーザン・ウォシッキー（Susan Wojcicki）に本気で会いたかったからだった。私たちが2年前に銀の再生ボタンをもらった際、YouTubeのCEOが女性だと知ってスーザンについて検索してみた。業界ではその能力は知れわたっていて、かつ5人の子を持つ、かっこいいワーキング・マザーでもあった。私は一気にスーザンのファンになってしまった。

スーザンという人は、なぜだかうちのおばあちゃんを好きになってくれそうな、そんなタイプの人だという気がした。私たちのチャンネルの誕生秘話と、おばあちゃんの人生逆転ストーリーに十分に感動して、祝福してくれる心の温かさと賢明さを備えた人！

国内の大企業の社長よりも海外の大企業の社長に先に会うことになりそうだ。なんというか、私の調べたスーザンという人は、なぜか私たちに会ってくれるんじゃないかって。たわごとだと思われるかもしれないけど、そんな気がしてしまったのだ。

スーザンにシグナルを送った。それがまさに、「グーグルI/O 2018」で誕生した「スーザンを探して（Searching for Susan)」の動画だ。そして私の計画通り、セインの助けを借りるとスーザンからの返事が来て、そこへすぐ『ラブ・アクチュアリー』のワンシーンをパロディ仕立てにした映像レターで返信した。これこそ、スーザンを動かすための私のシグナルだった！

私の心をLTE、5Gの超高速で送った。とうとう私の夢が現実になった。

本当にYouTubeのCEOと単独で会うなんて！
グーグルコリア、YouTubeチームと一緒に、ひと月も前から全力で考えに考えた。

うわ、どうしよう。ついに会えて、うれしいです。

「どうやったらこの歴史的な出会いを素敵なかたちにして残せるだろう？」
もちろん撮影・編集権はすべて私にあるのだけれど、それがさらにプレッシャーだった。

「『パク・マンネ・ショー』はどうですか？！
『エレンの部屋』※ みたいに、パク・マンネ・ショーの最初のゲストがスーザンになるんですよ！」

その日からすぐ、看板のデザインからカメラの動線、途中で一緒に作るキンパの中身まで、徹底的に準備した。スーザンとおばあちゃんが連帯感を感じられるような質問と、スーザンへのプレゼントを用意した。菜食中心だというスーザンのために野菜キンパも作った。
ただひたすら、ショーの時間を韓国でしかできない経験やストーリーで埋め尽くした。

撮影当日、私はひとりでカメラ3台を回しつつ、緊張度マックスの状態にあった。
スーザンが帰って、カフェで動画データを取り込みながら、これは夢なのかと思った。これまでYouTubeを楽しんでくれるおばあちゃんがありがたくて、誇らし（？）かったの

※エレンの部屋　エレン・デジェネレスが司会を務めるアメリカの人気トーク番組

だけれど、その日ばかりは私自身がすごく誇らしかった。

スーザンがおばあちゃんを訪ねて来たのは、すべての女性にとってお手本になるような素敵な人生を生きているからだと言った。そう、スーザンはうちのおばあちゃんのことを見つけてくれると思ってた！　それに、ここまでのすべての出来事が、YouTubeを通じて成立している。だからスーザンも私たちのストーリーを全世界とシェアしたいって考えたんじゃないかな。

スーザンからは、私が制作したグーグルI/Oの動画「スーザンを探して」をYouTube会議で職員たちに見せたという話も聞いた。

プロデューサーとして、私の人生最高の日。

スーザンとの出会いはすべての人に感動を残し、私たちにとっても大きな経験となった。YouTubeを通しておばあちゃんの人生は変わったけれど、私の人生もそれに負けないくらい大きく変わったのを実感した。

スーザンと一緒に来たチームの人々は、これまでツアーした国の中で韓国が一番よかったと、帰るときに感謝の挨拶をしていった。

グーグルCEOが
会いたいそうです！

＃合成ではない　＃人生はパク・マンネのように　＃スンジャ
じゃなくてスンダー　＃怒られるかと思ったよ　＃グーグル
CEO　＃グーグルの娘になることにしました　＃私はグーグ
ルのおばあちゃんになるんだ

ユラ

毎年5月に開かれる「グーグルI/O 2019」にも招待される
ことになった。
昨年のグーグルI/Oが私の人生の最初で最後の出来事だと
思っていたのに、スーザンのおかげでもう一度ボーナスを
もらった気分！　感謝の気持ちで再びやって来たサンフラ
ンシスコのグーグル。だけど、それは苦悩の始まりでもあっ
た。今度はどんな映像を撮ればいいんだろう？

昨年作った「スーザンを探して」のときは、私の魂を半分
入れ替えるほどの入れ込みようだったので、今回もっとい
いものを作れる自信はなかった。似たような映画のフォー
マットをなぞりたくないし、すごく力んだ感じを出すのも
嫌だし、私は創作の苦痛にもだえていた。
飛行機が離陸する瞬間まで、何ひとつ決めることができな
くて、そうやって何の準備もしないままサンフランシスコ
に到着した。

なんだかセインに会ったら自然とコンテンツが浮かんでく
る気がした。
そうだ、まずはセインに会えばいいんじゃない！
でもどういうわけか……新しいグーグル職員たちが私たち
を迎えた。

聞くとセインは盲腸の手術をして静養中だという。

うん、そうだよ……私たち、みんな休もう……。

初日はホテルでインスタライブ放送をやって、フォロワーとおしゃべりして過ごした。昨年だったら到着するなり三脚にカメラを載っけて撮影していたんだろうけど、今回は何かに取り憑かれたように遊ばなきゃという気分。

2日目は昨年と同じくグーグル本社のコーポレートキャンパスを回った。私たちが行ったことのあるところもあれば、初めてのところもあった。会社がとにかく大きいので、建物から建物への移動に自転車を使うということは知っていたけど、行ってみるとタクシーも走っていた。グーグルの従業員はアプリでジーライド（G RIDE）という車を呼び、キャンパス内を移動できる。もちろん無料。だから今年はおばあちゃんとその車をずいぶん使った。

それにしてもなんでこんなに楽なんだろうな……。

ええと、心はザワザワしてるけれど、体だけは楽だからまあいいか……。

これはボーナスゲームなんだから、楽しまなくちゃ！

3日目はI/Oのハイライト。キーノートデイだ。簡単に言うと、グーグルの役員が出てきてグーグルの新技術を発表する日。

ついにセインに会った。おばあちゃんは韓服を着たクマのぬいぐるみをセインにプレゼントした。

グーグルで私は「2バッグ2カメラガール」だった。

「ぴょんたち、私、サンフランシスコに着きました。去年も来たホテルだよ。すごくいいです。これも全部ぴょんたちのおかげだねえ。ありがとうございます。楽しい思い出いっぱい作るね」

昨年はその新技術に感嘆したけれど、今年はそれを見ている観客たちに関心が行った。ここに集まっている9000人は何をしている人たちなんだろう？

テック業界の人じゃなくても、このキーノートデイを楽しみにしている人が多いということなんだけど、アメリカの人たちはテック関連に関心が高いってことなのかな？

なんと今年は申請者が多すぎて、抽選で選ばれた人だけが会場に入れたのだそうだ。それを聞くと、今日はカメラを下ろしてスピーチに集中するのがよさそうだという気がしてきた。

基調講演が終わって、ランチを食べたあとにいろいろ回っていると、私たちを引率していたグーグルの職員があわてた様子で走ってきた。

ものすごくまじめな表情で彼は息を整えてから言った。

「よく聞いてくださいね。いま……いま、スンダーがあなたたちに会いたいと言っています」

「なんだって？（おばあちゃんには「スンダー」が「スンジャ」に聞こえていた）」

「グーグルCEOのスンダーが、あなたたちに会いたいそうです！」

ほんとにヤバいことになった。

で、その衝撃もつかの間、私の頭にすぐ思い浮かんだ考え。

「やった、これだ !!!　コンテンツができた !!!!!!!!!!!!!!!!!!!!!!!!!!」

 マンネ

グーグル職員の引率の人が私たちを後ろから呼ぶので、私
はまた何かやらかしちゃったかなと思った。その職員の人
の表情も深刻そうだったし、何か起きたみたいだった。で
もほんとに何か起きちゃったんだよね。

スンダーが何とかかんとかって言うんだけど、私には何言っ
てんだかひとつもわからないから口だけ見てた。横でユラ
が「グーグルCEOですか？」って言うんだ。

「グーグルの社長さんがなんだって私に会おうとすんのさ？
歳取ったばあさんが何知ったかぶりして YouTube やろうっ
てんだ？って怒られるんじゃないのかい？？」

無性に怖くなって、心臓がバクバクした。
でもそうじゃなかった。おばあさんが好きで会いたいと言っ
ているんだって。
グーグル職員がきらきらした目つきで「おばあさん、おめ
でとうございます」って言うんで、私は涙がぐわっと湧い
てきた。流しはしなかったけど、まばたきしたら本当に流

れ落ちそうなほど涙が浮かんできたよ？

そのとき私の頭に浮かんだ考えは、アイゴー、うちのユラ、どんな映像撮ろうかって悩んで重いカメラを持ち歩いてたけど、これで足伸ばして眠れるね。これだった。安心したよ。

それからグーグルの社長さんが目の前に現れて、私も思わずあわてて駆け出して抱きついちゃった！
鉄壁のセキュリティの中で会ったので、誰もが緊張した雰囲気だったんだけど、私がふいに抱きついたもんだから、みんなどっと笑ったよね。
もともとは背景のきれいなところに行って短い挨拶でもして、っていうことだったみたいだ。でも私があんまりにも喜びすぎて出迎えたってことだよね。
階段の端のとこで抱き合って話をして写真を撮ったんだってば。ほんとだよ？
ほんとに私の目の前にグーグルのCEOがいたなんて信じられなかった。

スンダー・ピチャイ（Sundar Pichai）が私にこんなことを言った。
おばあさんの話は自分がこれまで会ったどんな人よりも、たくさんのインスピレーションを与えてくれた。

怒られるかと思ったら、私にとてもよくしてくれた。グーグル職員も、こんな
出会いはないってお祝いしてくれた。ぴょんたちのおかげです。

sundarpichai
Mountain View, California

···

1/6

♥ ○ ◁   ⊓

sundarpichai #io19 is a wrap and a big thanks to all who joined us in person and online! Was so glad I got to meet some of you at Shoreline - I'm inspired by your stories and can't wait to see what you build next:)

「ぴょんたち！　グーグルの社長さんが私の写真をインスタにアップした。超感動だ。いいよ、ばんばん遊んであげよう」

korea_grandma   ...

korea_grandma「私は人生で初めて外国の人たちに自己紹介をした。ドキド
キして死ぬかと思った。気持ちは小学生になった感じだった。それも外国の学
校で」

グーグルの社長さんに会って、戻ってきた私。新たに決心したよ。

人生がもうたいして残ってないのは知ってるけど、今よりもっと情熱を持って生きてみようって！　老人が面白おかしく暮らしている姿を見て、世界的な大企業のCEOがインスピレーションを得たっていうんだから、私がもっと楽しく生きてあげなきゃダメじゃないかね？　どうかすばらしい技術をたくさんたくさん作っておくれ。そしたら私がもっと一生懸命楽しく生きてみるから！

おばあちゃん、私たち、次は何を倒しに行こうか？

ユラ

2019年5月、私たちはグーグルCEOのスンダー・ピチャイにまで会ってしまった。私たちのボーナスゲームは迷路の中で金貨の山を見つけ、ラスボスを倒して、見事な一本を決めた。

もし私たちのストーリーが実話映画になったら、大コケするんじゃないかな。ここまでだけでも、あまりにも嘘みたいな本当の話だから。それ自体が映画のプロットの要素を完璧に持っていて、誰かが想像に想像を重ねたシナリオみたいな話だから。

マンネの日々は続く

 マンネ

人生ってやつは本当に……
私の人生がこの世で一番かわいそうだと思うくらいに
大変だったってことなんだけどさ。

あのときだって
あんな試練が自分にふりかかるなんてこと、想像できたかっ
ての。

人生は一寸先もわからないもんだよ。

71歳になって
こんな幸せが私にやって来るなんてこと、想像できたかっ
ての。

ユラ

他人の人生のストーリーを聞くことほどつまらないことは
ないと思っていました。だからこの本を最後まで読んでく
ださったあなたに無限の感謝の意を表します。

YouTubeを始めて2年半。
慣れてきたと言えば慣れてきたYouTuberの日常ですが、
以前と違う点がひとつあるとしたら、私たちの明日をすぐ
には判断しないようになったということです。

この本はこんなときに開いて読んでみてください。
全然うまくいかないとき。
だから明日がものすごく心配なとき。
万が一それでもあなたの未来が不安ならば
この本の最初のページに戻って、パク・マンネの幼年時代
を読んでみましょう。

もしも、その時代の幼いマンネが
のちにこんな栄光の人生が待っていることを楽しみに日々
を耐えていたなら、ちょっとはそのつらさが和らいでいた
かも……。

「幸運」すら最初から限られた人にだけ与えられているよ

うに思えるこの世の中で、

ある朝マンネが、本当に人生の宝くじを当てた話。

少しでもあなたの人生の癒しとなりますように。

これまでいつも明日を心配しながら生きてきたのならば、

これからは期待も少しはしてみましょう。

人生は長いんだそうです。

私たちみんなで、すごく素敵な70代を心待ちにしてみませんか。

2019年度 パク・マンネ模擬試験

氏名 _____

受験番号 _____

1. 緊張したときのパク・マンネの癖は次のうちどれでしょうか？

 ① おならをする   ② トイレに行く

 ③ あくびをする   ④ 歌を歌う

2.「2018 DIA TV フェスティバル」でパク・マンネが着た衣装の
コンセプトは何だったでしょうか？

 ① バカンス   ② ブラック

 ③ セクシー   ④ 寝巻き

3. パク・マンネの長男は、芸能人だと誰に似ているでしょうか？

 ① クォン・ヒョクス

  （※中堅の俳優・タレント。コミカルな演技を得意とする。
『SNLコリア』『30だけど17です』など。マンネ氏の孫の結
婚式でお祝いの歌を披露したことがある）

 ② チョン・ヘイン

  （※若手人気俳優。年下男子が当たり役。『刑務所のルール
ブック』『よくおごってくれる綺麗なお姉さん』など）

③ イ・ジェフン

（※演技派で知られる若手俳優。『シグナル』『建築学概論』
など）

④ クォン・サンウ

（※韓流スターとして日本でも高い人気を誇る俳優。『天国
の階段』『推理の女王』など）

【4〜7】パク・マンネの以下の発言を読んで、カッコの中に入る
単語を選んでください。

4.「ドラマに（　　　　）が出てきたら、問答無用で見なきゃ」

① シン・ドンヨプ

（※お笑いタレント・司会者。音楽バラエティやトーク番
組の司会として活躍）

② チェ・スジョン

（※俳優。1980〜90年代に一世を風靡した青春スターで、
現在は時代劇の主演俳優として活躍）

③ ナ・フナ

（※伝説のトロット歌手）

④ セイン

5.「(　　　　)は男がやんなきゃ。普段から力自慢してないで
(　　　　)するときにでも使いなっての」

　　① 運動

　　② モクパン（※食べ物系動画）

　　③ キムジャン（※キムチを漬けること）

　　④ 事業

6.「おばあちゃんが（　　　　）行くときは化粧が濃いのは知っ
てるだろ？」

　　① トイレ

　　② 韓医院（※韓方医学をもとに薬の処方、物理治療、鍼灸
　　治療などを行なう病院）

　　③ 契モイム

　　④ デパート

7.「最近は眉毛を犬っぽく描くんだってね。私たちの頃は
(　　　　)みたいに描いてたよ」

　　① 猫　　　② オオカミ

　　③ キツネ　④ カワウソ

8. パク・マンネの畑で唯一まともに育った農作物は何でしょうか？

　　① 唐辛子　　　② カボチャ

　　③ ジャガイモ　　④ トマト

9.「フルーツ・パク」の異名を持つパク・マンネがいちばん好きな果物は何でしょうか？

　　① バナナ　　　② ブドウ

　　③ 甘柿　　　　④ メロン

10. パク・マンネが15年ぶりに行ったチムジルバン（※日本の健康ランドにあたる複合温浴施設。各種風呂、サウナ、食堂、床暖房の休憩室などの施設が揃っており、ほとんどが24時間営業）で休憩する前に、まず選んだ食べ物は何でしょうか？（※以下は、いずれもチムジルバンでの定番飲食物として知られる）

　　① シッケ

　　（※米から作った発酵飲料。冷やして飲むのが一般的。味は甘酒に似ているが、アルコール分はない）

　　② 麦飯石卵
　　　　メッパムソク

　　（※麦飯石の上に置いて焼いた卵。薄茶色で、ゆで卵より食感がもちもちとしている）

　　③ 水正果
　　　　スジョンガ

　　（※シナモンとショウガ、干し柿を煮出した飲料）

　　④ わかめスープ

11. パク・マンネが自分と誕生日が一緒だと主張している人は次のうち誰でしょうか？

　　① クォン・サンウ　　　② ナ・フナ

　　③ チェ・スジョン　　　④ チョン・ヘイン

12. YouTube動画「いったいおばあちゃんのカバンには何が入ってたのかって？」の回で、パク・マンネがカバンの中から「なんでこれがここにあるんだい。これ、アホみたいに探しまくっても見つからなかったのに、なんでここから出てくんのさ」と言いながら、取り出した物は何でしょうか？

　　① カツラ　　　　　　　② 栓抜き

　　③ モバイルバッテリー　④ 果物ナイフ

13. YouTube動画「スイスでキムチ煮込みを作って食べて韓国ドラマを見る」の回で、おばあちゃんが見ていたドラマのタイトルは何でしょうか？

　　①『たった一人の私の味方』

　　②『よくおごってくれる綺麗なお姉さん』

　　③『あなたはひどいです』

　　④『真紅のカーネーション』

【14〜15】次の旅行写真を見て、パク・マンネがつけたタイトルを書いてください。(記述式)

14.

        （   ）

15.

        （   ）

16. 次の子音を見てパク・マンネが思い浮かべたのは何でしょうか？（記述式）

ㅅㅋ　→（　　　　　　　　　　　）

17. 汝矣島（ヨイド）で食堂をやっていた時代、チャンさんがパク・マンネに言った次の言葉のカッコに入る単語を選んでください。

「金をも～んのすごく稼いだよ。（　　　　　）で金稼いだ」

    ① 食堂　　　　② YouTube

    ③ 手　　　　　④ 鼻

18. YouTube動画「ほんとにグーグルがひっくり返った……！(YouTube CEO探し)」の回でのパク・マンネの次の発言のうち、カッコに入る単語を選んでください。

「あー、めんどくさいってば！　覚えられないってば！　泣きたいよ、ほんとに。ああ、うっとうしいって。英語難しいって。Hello, Thank you, (　　　　), F*** you, Sh**!」

 ① Excuse me   ② Sorry

 ③ Fighting   ④ Good

19. YouTube動画「ほんっとうに！！！！もらいたい秋夕^{チュソク}のプレゼントは？」の回で、パク・マンネが選んだプレゼントの第3位は何でしょうか？

1位	旅行
2位	現金
3位	(　　　　　　)
4位	歯ブラシ・せっけん・シャンプーセット
5位	ツナとハムのセット

★ヒント「龍仁にはないんだ。霊光クルビ（※クルビ：イシモチの干物）をただ指をくわえて眺めてる」

 ① 商品券   ② ワンピース

 ③ 化粧品   ④ 果物

20. YouTube動画「マンネがBTSの『IDOL』のMVを見たとき」の回でパク・マンネが残した次の感想のカッコに入る言葉を選んでください。

「(　　　　)のとき、冗談じゃない、まったく冗談じゃない」

　　① ファンミーティング

　　② トラ

　　③ 6.25（※朝鮮戦争）

　　④ 町内の宴会

【21〜30】以下のマンネ語を標準語に翻訳してください。（記述式）

21. ケンゴリー　→　(　　　　　　　)

22. ヤンニム　→　(　　　　　　)

23. ニッキム　→　(　　　　　　)

24. アムニ　→　(　　　　　)

25. クニョンパグリ　→　(　　　　　　)

26. ヒョンサ　→　(　　　　　)

27. ミョンウォリー　→　(　　　　　)

28. モスム　→　(　　　　　)

29. カムタン　→　(　　　　　)

30. オリボンボン　→　(　　　　　)

おつかれさまでした。

2019年度 パク・マンネ模擬試験　正解

1. ③　2. ④　3. ③　4. ②　5. ③　6. ③　7. ②

8. ①　9. ③　10. ①　11. ②　12. ③　13. ③

14. 暑い　15. 傘帽子　16. 자기（※わたし）　17. ④

18. ②　19. ①　20. ③　21. カンガルー

22. ヤンニョム（※ソース、たれ）

23. ヌッキム（※感じ）　24. アンリ

25. クモンパグニ（※メッシュのかご）

26. ヘンサ（※行事）　27. メモリー　28. モスム（※作男）

29. カムサン＋カムタン（※感嘆）

30. オリボンボン（※びっくりする、呆気にとられる）

박막례, 이대로 죽을 순 없다 (MAKRYE PARK - I CANNOT GO JUST YET)
by 김유라 (Kim Yura), 박막례 (Park Makrye)
© Kim Yura, Park Makrye 2019
© Asahi Press Inc. 2020 for the Japanese language edition
Japanese translation rights arranged with Wisdomhouse Mediagroup Inc.
through Namuare Agency.

71歳パク・マンネの
人生大逆転

2020年11月25日　初版第1刷発行

著者	パク・マンネ＋キム・ユラ
訳者	古谷未来
装画・挿画	芦野公平
装幀	沼本明希子（direction Q）
編集	綾女欣伸（朝日出版社）
編集協力	仁科えい（朝日出版社）

発行者　原 雅久
発行所　株式会社 朝日出版社
〒101-0065　東京都千代田区西神田3-3-5
tel. 03-3263-3321　fax. 03-5226-9599
http://www.asahipress.com/
印刷・製本　凸版印刷株式会社